마음을 따르면 된다

■ 이 도서의 국립중앙도서관 출판시도서목록(CIP)은
서지정보유통지원시스템 홈페이지(http://seoji.nl.go.kr)와
국가자료공동목록시스템(http://www.nl.go.kr/kolisnet)에서 이용하실 수 있습니다.
(CIP제어번호: CIP 2017024140)

마음을 따르면 된다

다시 시작하는 너에게

김용택

마음산책

그린이 정원희

1983년 서울에서 태어났다. 홍익대학교와 같은 대학원에서 동양화를 공부했다. 2017년 '일년만미슬관'에서 두 번째 개인전 〈아름다운, 너무나 아름다운〉을 열었다. 현재 대학 강의와 작품 활동을 병행하고 있다.

artoouni@instagram

마음을 따르면 된다

1판 1쇄 인쇄 2017년 9월 20일
1판 1쇄 발행 2017년 9월 25일

지은이 | 김용택
그린이 | 정원희
펴낸이 | 정은숙
펴낸곳 | 마음산책

편집 | 이승학 · 최해경 · 김예지 · 류기일   디자인 | 이혜진 · 이수연
마케팅 | 권혁준 · 김종민   경영지원 | 박지혜

등록 | 2000년 7월 28일(제13-653호)
주소 | (우 04043) 서울시 마포구 잔다리로 3안길 20
전화 | 대표 362-1452 편집 362-1451   팩스 | 362-1455
홈페이지 | http://www.maumsan.com
블로그 | maumsanchaek.blog.me
트위터 | http://twitter.com/maumsanchaek
페이스북 | http://www.facebook.com/maumsanchaek
전자우편 | maum@maumsan.com

ISBN 978-89-6090-334-0 03810

* 책값은 뒤표지에 있습니다.

악착같이 살지 말거라.
남같이 살려고 하지 말거라.
너같이 살아라.

끝까지 아버지일 것이라는 믿음

고등학생인 아들에게 보낸 편지를 모은 『아들 마음 아버지 마음』을 낸 지 10여 년이 지났다. 그 후 아들에게 보낸 편지글을 모았더니, 이렇게 또 『마음을 따르면 된다』라는 책이 되었다. 두 권 다 애초에 책을 내려고 편지를 쓰지 않았다. 편지를 쓰다 보니, 글이 모아졌고 책이 되었다.

『아들 마음 아버지 마음』과 『마음을 따르면 된다』가 다른 점이 있다면, 이 책에서는 아들이 내게 이따금 보내온 편지를 수록했다는 것이다. 아들은 자신의 편지가 책에 실리는 것을 부끄러워했다.

내 인생은 내 인생이다. 누가 대신 살아주지 않는다. 삶에는 예외가 없다. 저마다 인생의 길이 다르고 무게가 다르기는 하겠지만, 겪을 것들은 다 겪고 짊어질 것들은 다 짊어지고 산다. '말씀대로' 살아진다면 얼마나 좋을까. 그러나 그런 인생은 세상에 없다. 절대로.

결국 자신의 마음을 잘 들여다보는 것에서 모든 것이 시작된다. 마음을 살피고 고르고 가꾸어가다 보면 내가 가야 할 길이 보일 것이다. 『마음을 따르면 된다』는 그런 충고를 하는 한참 모자란 아버지와 그런 말에 나름대로 응답한 한참 모자란 그 아버지의 그 아들 마음을 담은 책이다.

고등학교 때 보낸 편지나 지금 편지나 자식에 대한 내 생각이 크게 달라진 게 없다. 그때나 지금이나 나는 '자식 앞에 고개 숙인' 아버지일 뿐이다. 사람들 앞에서는 자식들이 다 알아서 자란다고 말하지만 뒤로는 얼마나 많은 걱정과 근심으로 애를 태우며 자식을 대해왔던가. 그런데 요즘 나는 아들을 가끔 잊고 살기도 한다. 그럴 때가 더러 있다. 혼자 속으로 쾌재를 부른다. 그러다가도 내가 무엇을 포기해버린 것은 아니겠지, 그런 건 아니겠지 하는 '이상한' 생각이 슬며시 고개를 들기도 한다. 정말 못 말린다.

나는 내 아들이 가난하게 사는 것보다 비겁하고 비굴하게 살아갈까 봐 염려하며 산다. 쓸데없는 생각이겠지만, 설령 그런 일

이 있더라도, 그보다 더한 일이 있어서 두 무릎을 맨땅에 꺾는
한이 있더라도, 내 아들도 끝까지 아버지일 거라는 믿음은 있다.

2017년 가을

김용택 씀

차 례

민세야,

돌고 돌아 너는 네 힘으로 살아가야 할 세상에 첫발을 내디뎠다.

아직 너는 무엇을 손에 쥘 때가 아니다.

무엇인가 손에 꽉 쥐고 있으면 그것만 네 것이다.

손에 쥔 것을 놓아라.

손에 쥔 것을 놓으면 세상이 다 네 것이다.

이제 먼 길을 너는 간다.

누구나 길이 없는 산 앞에 서 있다.

너도 세상을 살고 있는 그 누군가처럼

스스로 길을 내며 가야 한다.

길은 멀다.

그동안 살아온 힘이 너를 밀고 갈 것이다.

공부하는 삶

아빠, 책 다 읽었습니다. 손철주 선생님의 『그림 아는 만큼 보인다』를 읽고 많이 공부했습니다. 그림이 얼마나 무궁무진한지는 알고 있었지만 그림책을 자세히 읽어보는 건 처음이었습니다. 모든 예술이 그렇듯이 결국 삶에서 정수가 나오는 것 같습니다. 아빠의 글들도 마찬가지라는 생각을 했습니다.

삶은 소중합니다. 하찮은 삶은 하나도 없습니다.

자연 속에 있는 시골 찻집에서 일하면서 자연을 다시 들여다보는 계기가 되었습니다. 고향을 떠나 오래 살았고 또 스포츠 마케팅을 공부하려고 골프를 배우면서 산속 골프장을 다녔던 것이 자연을 알게 된 계기가 되었지요. 하마터면 자연을 그냥 스치는 풍경으로 알고 살 뻔했는데, 조금씩 그 신비를 알아가게 되었습니다.

전 항상 자연에서 배우고 자연 속에서 살아가야겠어요.

민세 올림

우리 민세, 아주 잘했구나. 모든 예술 작품들이 다 세상을 담고 있지만, 그림은 모든 예술을 담고 있단다. 그림을 모르고 시를 쓰고, 시를 모르고 그림을 그린다는 것, 자연을 모르고 음악을 하는 것은 달빛이 넘치는 강물을 모르고 음악을 하는 것과 같지. 아침 강물과 저녁 강물을 모르고 서정시를 쓸 수 없다. 달빛이 부서지는 강물, 하얀 눈을 받아 들고 흐르는 강물, 하얀 눈이 내린 날 아침 검은 붓자국처럼 거칠게 휘돌아 가는 강물, 새들이 조용할 저물녘 어두워지는 강물을 차고 뛰어오르는 하얀 물고기들을 보지 못하고 서정을 말할 수 없다. 시를 모르고 음악을 모르고 그림을 모르고 요리를 할 수 없지.

공부하지 않는 삶은 초라하고 가난하단다. 공부를 하면 무슨 일을 하든 가슴이 꽉 차지. 그 공부가 자신을 성숙시키고 성장시키기 때문이야. 공부는 희망이야. 공부가 희망이 되는 사회가 가장 좋은 사회다. 그런 나라가 좋은 나라야. 배운 것을 써먹고 풀어먹을 수 있는 나라가 희망의 나라다. 개인도 마찬가지지.

햇살이 하는 일을 알고 바람이 하는 일을 아는 것, 물이 하는 일을 아는 것이 공부란다. 그래야 사람이 하는 일과 할 일을 알게 되니까.

스스로 책을 찾아 읽길 바란다.

아빠가

늘 손을 비운다면

봄은 땅에서 올라오고 가을은 하늘에서 내려오네요. 발소리 인가 하여 나가 보니 바람에 떨어지는 낙엽 소리였습니다. 낙엽 이 이렇게 반가운 소리를 낼 줄이야.

바람 엄청 부는 지금, 요즘은 책 열심히 읽고 있습니다. 책이 '겁나게' 재미있네요. 아빠가 보내주는 시들도 꼬박꼬박 노트에 다 필사하고 있습니다. 일 끝나고 진민이 형이랑 찻집에서 책 읽고 가려고 합니다. 책 읽기 딱 좋은 날씨잖아요.

내일 아침에 봐요, 아빠.

오늘 하루도 고생 많으셨어요.

민세 올림

어디서 무엇을 하느냐가 중요하지 않단다. 중요한 것은 그 사람이 늙어 죽을 때까지 책을 읽고 글을 쓰며 사느냐다. 책을 읽고 글을 쓰는 사람은 늘 설렌다. 그 무엇인가가 기다리고 있기 때문이다. 아까와는 다른 지금을 만드는 사람이다. 책을 읽고 글을 쓰는 사람은 세상을 자세히 보는 사람이고 또 글을 쓰면 세상을 자세히 보게 된다. 그래야 자기가 하는 일을 자세히 보게 되고 그래야 자기가 하는 일을 잘하게 된다. 글은 자기가 하는 일을 도와준단다.

아빠가 처음 책을 읽은 것은 스무 살 무렵이었지. 책을 읽으니, 생각이 일어났다. 오랜 세월 일어나는 생각들을 썼더니, 어느 날 내가 시를 쓰고 있었어.

처음에는 내가 써놓은 글을 나도 잘 모르겠더라. 내가 쓴 글을 나도 모르는 시간이 많이 가고 어느 날 드디어 내가 쓴 글을 나는 이해하게 되었단다. 그리고 더 많은 시간이 흐른 후 어느 날 마침내 내가 쓴 글을 남도 이해하게 되었다. 그리고 나는 시인이 되었다.

늘 말하지만, 손에 무엇인가를 쥐고 있으면 그것만 보인다. 언제나 손을 비워라. 그래야 세상이 다 네 것이다. 지금은 그럴 때다.

우리 민세 훌륭하다. 남의 말을 잘 듣는 습관과 바른 몸가짐으로 손님들에게 너그러움과 깊은 사랑을 주거라. 따듯함, 고결한 마음을 길러야 한다. 반듯함을 유지하고, 누구에게도 절대 서운하게 해서는 안 된다. 네 찻집에 오는 사람들은 손님이 아니라 사람임을 명심해야 해. 길고 더디지만 천천히 사람들을 네 사람으로 만들어가야 한다.

　아주 잘하고 있다. 몸과 마음을 곧게 다듬어야 사람들 앞에 반듯하게 선단다.

아빠가

뼈아픈 후회

아빠, 저는 지금 다시 새로운 세상을 향해 떠납니다. 한국을 떠나려 합니다. 마음은 무겁고 겁이 납니다. 후회가 가슴을 후벼 팝니다. 뼈아픈 후회라는 말을 알 것도 같습니다. 아빠께 이 글을 남기며 갑니다. 아빠 엄마, 이런 제가 진짜로 밉습니다. 이런 일은 또 없길 빌어봅니다. 무슨 말을 더 할까요.

지금까지 살아오면서 후회하는 것이 두 가지 있습니다.

첫째는 고등학교 때 저를 너무 방치한 것입니다. 아무 생각 없이 놀았지요. 정말 말 그대로 놀았습니다. 자율학교에선 모든 것이 자유로웠습니다. 공부 안 한다고 혼내는 선생님이 없었고, 논다고 핀잔을 주는 사람들도 없었습니다. 그렇다고 나쁜 짓을 하고 돌아다닌 건 아닙니다. 그냥 놀았던 것이지요. 밤에 잠 안 자고 놀고, 다음 날 수업 시간에 자고요. 방치였습니다. 나 자신에 대한 책임 없이, 자유를 넘은 방종의 나날이었습니다. 그게 15년 전이지요.

두 번째는 미국에 있을 때입니다. 대학을 갔으나 중간에 학교를 자퇴했습니다. 그때 일이 두고두고 후회스럽습니다. 졸업장이라는 게 얼마나 무서운 것인지 이후 내내 깨달았습니다. 다행인 것은 스포츠 마케팅을 공부하기 위해 골프를 배우기 시작한 일입니다. 골프에 빠져서 정말 골프를 치며 미친 듯이 살아서 어떤 일에 미쳐 사는 게 무엇인지 알게 되었습니다. 다행이라면 그게 다행이라고 스스로 위로하곤 합니다. 재미있게 사는 것이 무슨 맛인지도 알게 되었으니까요. 그때가 10년 전입니다.

짧은 인생에서 잘한 것이 있다면 한국에서 군대를 가고, 제대 후 전주에서 일한 것입니다. 이 일은 정말 잘한 일이라고 자부합니다. 만약 군대에 가지 않고, 전주에서 일을 하지 않았다면 지금 여기서 노트북 앞에 앉아 이런 생각들을 돌아보며 글을 쓰고 있지 못했을 거예요.

전 요즘 유행하는 말로 '금수저'지요. 유명한 아버지 아래에서 부족함 없이 자랐다는 걸 부정하지 않습니다. 남보다 편한 길을 걸어 다녔고, 남보다 좋은 경험들을 많이 했습니다. 부모님 아들로 태어난 것 자체가 특혜였지요. 하지만 한국에서의 새로운 삶은 고달프고 힘들었습니다. 부모님이 아닌 내 삶을 살아가야 하는, 너무나 부족한 아무런 '스펙'조차 없이 하찮은, 앞길이 막연한 한 인간일 뿐이었습니다.

먼저 전주 어느 카페에서 2년을 일했습니다. 식탁 몇 개를 놓고 사람들에게 맛있는 음식을 만들어주는 일을 하는 게 소박

한 꿈이었습니다. 〈심야식당〉이라는 일본 만화의 주인공처럼 그런 식당을 하며 살고 싶었습니다. 고등학교 때 막연한 꿈은 요리사였잖아요. 미국에서도 요리 학교를 다니다가 그만두었죠. 이렇게 찻집에서 일을 배워 〈심야식당〉의 셰프처럼 그렇게 살고 싶었던 것입니다. 가볍게 직장 옮겨 다니는 것을 싫어했고 한 가게에서 적어도 2년은 있어야 한다고 생각했지요. 모든 가게가 다 제 마음에 들 순 없잖아요. 근무 시간은 들쑥날쑥했어요. 퇴근 시간이 다 되었는데 다시 일을 해야 했고요. 사장님 손님이 온다고 해서지요.

10월이라서 밖은 쌀쌀하고, 더구나 그 산골짜기는 더 추웠습니다. 밖에서 고기를 굽고, 사장님과 손님들은 안에서 제가 구워주는 고기와 술을 즐겼지요. 문득 서러웠습니다. 다음 날 9시까지 출근을 해야 하는데 말이지요. 일을 다 정리하고 집에 오니 1시였어요. 비참했습니다. 그때 일하던 곳의 환경과 사람들 속에서 뼈아픈 경험을 하며 생각을 키워왔고, 한층 더 성숙할 수 있었습니다.

어느 날 술을 많이 마시고 택시를 탔습니다. 일이 12시에 끝나는데도 술을 마실 곳이 있었습니다. 전주는 좁기 때문에 택시를 타고 집으로 가지요. 택시를 타도 요금이 그리 많이 나오지 않으니까요. 그 시간에 일하는 택시 기사님들은 힘들겠다는 생각을 항상 했습니다. 술 취한 젊은 사람들을 실어 나르는 일이니 얼마나 고될까라는 거죠. 묵묵히 일하시는 분들도 있고, 말이 많으신 분들도 있었습니다. 그래도 제가 잠깐이나마 말동무하면 좋겠다 싶어 말을 붙이는 편이었습니다. 예컨대, '아, 오늘 날이 덥죠? 이 시간에 일하면 힘드시겠어요'라든가 저도 젊지만 '어린애들이 저렇게 술을 먹어서 큰일이에요'라든가요. 답해주는 기사님들도 있고, 그냥 '이놈이 술주정 부리는구나' 하고 넘기는 기사님들도 있습니다.

평소와 다름없이 택시를 탔는데 퍼뜩 제 모습이 차창에 비쳐 보였습니다. 술이 확 깼습니다. 집에 와서 잠이 오질 않았습니다. 미래에 대한 불안감이 덮쳐온 것이지요. 설명할 수 없는 일이었습니다. 정말 찰나였으니까요. 택시에 몸은 실은 그 순간 말입니다. 살아온 날들을 다시 돌아봤어요. 전 지금까지 무엇을 했을까요.

그날 이후로 학교를 가기로 마음먹었습니다. 일은 계속했죠. 돈은 벌어야 하니까, 부모님께 손을 벌릴 생각은 없었습니다. 저에게 부족한 것을 하나씩 채워가기로 다짐했습니다. 단 천천히 말이지요. 그 시작이 대학교를 다시 가는 것이라고 생각했습니다. 일기를 쓰고 책을 읽기 시작했습니다. 생각들을 넓혀가야만 했습니다. 일기를 쓰는 게 재미있었고, 책을 읽는 것이 재미있었습니다. 책을 다시 손에 들게 되었습니다. 책은 제 손에서 무거웠습니다. 그리고 빛이 되어가기 시작했습니다.

삶은 이상한 데서 새롭게 시작합니다. 예기치 못한 일로 인생은 달라집니다. 제 인생은 그날 밤 전혀 다른 새 길을 가기 시작했습니다. 저는 대학을 가기 위해, 요리 공부를 새로 하기 위해 호주로 갑니다.

민세 올림

민세야, 살다가 보면 그렇게 잠 못 이루는 밤이 있단다. 잠 못 든 밤을 뒤척일 때 네 뒤척이는 소리를 듣는 사람이 있다는 것은 행복한 일이란다. 아버지는 네가 돌아눕는 그 아픔을 안다. 누군들 그런 밤을 지새우지 않았겠느냐.

나는 네가 가난하게 사는 것을 걱정하는 게 아니라 비인간적으로 비굴하게 살까 봐 걱정한다. 사람을 대하는 것은 사랑이 아니면 안 된다. 진심으로 사람을 사랑하거라. 잘하라는 것이 아니라 사랑하라는 말이지. 정성을 다하거라. 따뜻하게 세상을 네 마음에 품거라.

오늘을 잊지 말거라. 실패든 실수든 버릴 것이 없어야 한단다. 그것도 네 것이니 갈고닦아야 한다. 오늘을 귀하고 소중하게 가꾸지 못하면 내일이 없다. 내일은 그냥 오지 않는다.

좌절할 때 절망할 때 고통스러울 때 외로울 때, 그때 잊히지 않은 실수를 결코 잊지 마라. 그것이 너를 키울 것이다. 그리고 그 힘이 너를 데리고 새로운 네 길을 내며 갈 것이다.

처음엔 다 길이 없었다. 내가 내 길을 만든다. 길이, 길이 된다. 네가 만든 길만이 네 길이 된다. 삶은 늘 떨리는 첫발이란다.

힘내라, 민세.

아빠가

한 달이 크면 한 달이 작다

민세야, 엄마의 메신저를 통해 실시간으로 너의 소식을 접하고 있으니, 따로 이런 편지를 쓰는 것이 어색할 정도구나.

그래도 너는 멀리 있다. 아침에 일어나면 가장 먼저 엄마의 메신저로 너희들의 하루를 확인하곤 한다. 그래야 안심이 된다. 나는 네 방에서 잔단다. 이따금 바람이 부는 나뭇가지를 바라보며 너도 저 나무를 바라보았을 것이라는 생각을 한다. 너와 내 생각이 이어져 있어.

생각해보면 너도 많은 것들을 경험하며 살았지. 시골, 전주, 중국, 미국, 필리핀 그리고 한국에서 처절한 청춘들의 삶을 절실하게 체험했다. 삶이 얼마나 삭막하고 인간성을 갉아먹는지, 자본의 차별이 얼마나 인간을 무섭게 한쪽으로 몰아붙이는지, 너는 겪었다. 학력이 얼마나 사람들을 처절하게 갈라놓는지 너는 뼈저리게 느꼈다. 마치 조폭 영화 속처럼 비열한 일들이 아무런 보호 장치 없이 사람을 사람들로부터 제외시키고 격리시키고 짓밟아버리는지 너는 다 보았지.

이건 나라의 일이다. 개인의 일이 아니지. 그런 엄혹한 사회를 잘 알고 또 겪어왔기에 부모들은 자기 자식들을 닦달하고 채근하고 몰아붙인다. 공부를 잘해야 일류 대학을 가니까. 그 누구에게도 짓밟히지 않게 하려고 말이다. 경쟁과 등수 속으로, 그 지옥 같은 경쟁의 늪으로 아이들의 등을 떠민다. 이게 아닌데, 이게 아닌데 하면서도 말이다. 엄마와 나도 너희들에게 그렇게 한 것 같구나.

거기도 사람이 사는 곳이겠지만 너의 부지런함과 섬세함 그리고 똑바르고 성실하고 따사로운 삶의 태도가 조금이나마 대접받게 되었다는 네 편지를 받고 우린 무엇보다도 기쁘단다.

네 길을 찾았다는 안심과 너를 보고 싶은 마음이 늘 교차하는구나. 시간이 가면서 다 잘될 것이라는 생각을 하며 우리 모두 하루를 보낸다.

군대 갔다 오고 한국에서 취직한 직장에서 고민하고 괴로워하며 길을 찾던 너를 아빠는 늘 기억할 것이다. 상처 없는 영혼이 세상에 어디 있겠느냐. 아픔 없이 어찌 성숙하겠느냐. 그런 고통을 겪어가며 성숙해가는 것이 성장의 기쁨이 되기도 했다.

거듭 말하거니와 자기 삶이 긍지를 갖는 당당한 나날들이 되길 바란다. 이제 어른이니, 그리고 네 길을 확실하게 찾았으니 기죽을 일도 없고, 일상이 옹색할 필요도 없다. 구차하지도 않을 것이다.

많은 것들이 변했다. 너에 대한 근심과 걱정이 사라지면서 엄마는 날이면 날마다 안도의 한숨을 쉰다.

지난번 이런저런 너의 사는 이야기를 엄마 옆에서 들으며 나는 네가 자신 있게 살아간다는 생각을 했다. 너는 가파른 방황과 젊음의 고통과 절망을 넘고 넘어 그 먼 길을 돌고 돌아 네 인생의 안착점에 도달했다.

악착같이 살지 말거라. 남같이 살려고 하지 말거라. 너같이 살아라. 천천히 아름다운 삶을 가꾸어가길 바란다.

한 달이 크면 한 달이 작고 올라갈 때가 있으면 내려갈 때가 있는 게 인생이다. 산 넘으면 산이 있는 게 인생이다. 그런 가파른 길과 다시는 일어설 수 없을 것 같은 절망 그리고 아픔과 그 아픔을 넘어선 삶의 기쁨들이 조화를 이루며 성공이나 실패를 넘어 한 인간의 삶이 아름다울 수 있다는 것을 보여주길 바란다.

너의 외로움이 천천히 네 생의 꽃으로 피어나길 빈다.

네 몸과 마음에 늘 안심과 평화가 가득하길.

까치 우는 아침에 아빠가

마음을 먹는다는 것

아빠, 안녕!

여긴 한국에서 남쪽으로 비행기 타고 열 시간 정도 내려오는 곳에 위치한 세계에서 가장 큰 섬나라 '호주'입니다. 지금은 겨울이지요. 그래서 옷을 따뜻하게 입고 다니고 있답니다. 그런데 오늘 제가 보낸 사진에서 보셨겠지만 나무는 녹색이고 잔디도 녹색입니다. 반팔만 입고 다니는 사람도 있고 온몸을 꽁꽁 싸매고 다니는 사람들도 있습니다. 전 뭘 어떻게 입고 다녀야 될지 몰라서 안에는 반팔 입고 그 위에 따뜻한 옷을 입고 다니고 있지요.

여기 사람들 그러니까 호주 사람들은 좀 여유로워 보입니다. 어느 나라를 가도 한국 사람들이 제일 바쁘게 움직이는 것 같습니다. 정신없이 치열하고 그래서 좀 고단한 것처럼 보입니다. 무슨 말인지 아빠는 충분히 아시겠지요. 한국 사람들만 직장에 돈에 치이는 게 아니라는 걸 저도 알고 있습니다. 이건 모든 나라 모든 사람들의 현실이니까요. 한국이 힘든 건 여유가 없어 보인다는 것입니다. 정말 앞뒤 안 보고 우리들은 살아온 것 같아요.

여기 있는 게 지금의 저로서는 퍽 위로가 됩니다. 물론 집에는 가고 싶지만 미국에 있을 때나 중국에 있을 때처럼 그렇게 막연히 가고 싶다는 게 아닙니다. 가족들이 한국에 있으니까 당연히 한국이 생각나는 것이지요. 전 여기서 하고 싶은 것들이 있으니까, 예전처럼 그렇게 어리광 부려서도 안 되는 나이지요. 하지만 힘들면 힘들다고 분명히 말할 겁니다. 사실 아직까지는 힘든 일이 없어요. 한국의 직장에서 너무나도 많은 일을 겪고 왔기 때문에, 여기 사람들은 제가 그렇게 일했다고 하면 깜짝 놀라지요. 아니 왜 그런 곳에서 일했는지 오히려 궁금해 합니다. 이곳에선 그렇게 직원들을 함부로 대하지 못해요. 고발해버리거든요. 그럼 주인이 엄청난 손해를 봅니다. 한국에서는 '더러워서 나간다'로 끝나지만 여긴 '어라? 용서하지 않겠다. 법으로 심판하자!' 합니다. 일하면서 살맛 나는 거지요. 이것도 호주 사람들 가게에 한해서입니다. 한국 가게는 한국과 똑같습니다.

호주에서 오래 살고 있는 친구 홍준이랑 골프 치기로 했습니다. 그냥 가끔 만나 연습장도 다니면서 제가 가르쳐줍니다. 저 골프 잘 치잖아요. 일하다가 쉬는 날 골프장에 나가서 잔디도 보고 햇볕도 좀 많이 받고 그러는 게 여유 있고 기분 좋은 일이니까요. 나중에 사진 찍어서 보내줄게요.

여기에서의 저의 삶 걱정하지 마세요. 한국에서처럼 그렇게 찌들어버리지 않는다면 오히려 기회는 더 활짝 열려 있을 거라고 믿습니다. 무엇인가를 믿어가고 있습니다.

비가 오네요. 자겠습니다.

민세 올림

민세야, 반갑고 반갑고 또 반갑다. 네 편지가 이렇게 반가운 것은 너의 편지를 통해서 지금 네 심정과 하는 일을 자세히 알 수 있고 또 믿게 되기 때문이다.

생각을 글이나 그림이나 음악이나 건축으로 표현하는 게 예술이지. 스스로 삶을 정리하고 그 이치와 순리를 깨달아가는 게 철학이고 그것을 증거하는 게 과학이지. 자기가 표현하고 싶은 것을 논리적으로 표현할 줄 알 때까지 오랜 수업과 수련이 필요하단다. 너는 그걸 얻어가고 있어. 믿음직하고 신뢰가 가는구나. 너는 이제 네 삶을 스스로 믿게 된 것이다. 자기가 살고 있는 곳의 사회구조와 이념과 제도를 깨닫게 될 때 사람은 바른 행동 방법을 알고 자기의 삶을 실현하고 실천한다.

호주 가기 몇 달 전, 네가 한국 사회의 문제를 깨닫고 실망하고 좌절하고 그리고 일어섰던 기억을 가족 모두 공유하였다. 피할 수 없는 현실을 직시하고 망연자실하던 일들이 어제 같구나. 뼈저린 아픔이었고, 새로운 도약의 기회였다. 네가 네 삶을 새로 살기로 마음먹은 절호의 기회기도 했다. 사람이 마음을 먹는다는 게 얼마나 중요한 일이고 자기를 바꾸는 일인지, 우린 너를 보고 똑똑히 알게 되었다. 마음을 먹으면 모든 일은 절반이 성공이다. 세상도 바꿀 수 있다. 너는 이제 옛날의 민세가 아니다. 네가 설 땅을 굳게 디뎠으니까. 많은 사람들이 자기의 삶을 어떻게 살겠다고 마음을 먹기까지 얼마나 많은 수고가 있었겠느냐.

기쁘고 기쁘고 또 기쁘다. 너에게 이제 더 큰 기쁨이 찾아들 것이다. 너의 일을 사랑하고, 네가 하는 일에 대한 긍지를 가지면 된다. 사는 것이 공부고, 평생 공부하고, 사는 것이 예술이었고, 배우면 반드시 써먹었던 농부인 할아버지와 할머니의 삶을 니는 고스란히 따라가고 있다. 골프도 요긴하게 써먹을 때가 올 것이다. 푸른 잔디도 보고 눈이 부신 햇살도 보러 간다니, 기분이 상쾌해진다.

민세야, 지금의 너는 옛날의 어린 민세가 아니다. 성인이지. 무한 책임을 지는 어른이다. 넌 그렇게 어른이 되었고 스스로 너를 믿게 된 것이지. 듬직하구나.

우리 모두 너를 통해 또 한 번 삶의 진의를 깨닫고 얻게 되었다. 잘 커주어서 고맙고 고맙고 또 고맙다.

우리 민세, 내 등 뒤로 아침이 오고 있구나. 또 보자. 개구리가 운다.

아빠가

41

아빠는 행운

전주에 혼자 있는 아빠, 오늘은 일이 좀 늦게 끝났습니다. 손님 네 명이 9시 40분쯤 왔거든요. 주방장 형이 이제 저에게 가게의 마무리를 부탁합니다. 혼자서도 일을 깔끔하게 잘한다는 것이지요. 전 제가 일하는 주변이 지저분하고 더러운 것이 싫어요. 그래서 일할 때 틈만 나면 청소하고 정리하거든요. 이건 습관인 것 같습니다. 주위가 깔끔하게 정리되어 있는 게 좋아요. 제 가게가 아닐지라도 말입니다. 사람들이 말합니다.

"민세가 들어오고, 주방이 깨끗해졌어!"

이런 칭찬이 좋습니다. 물론 부정적으로 보면 저에게 일을 떠넘기는 것이고, 또 이용하는 일일 수도 있지만, 나쁘지 않습니다. 한 달도 채 되지 않은 저에게 주방 뒷마무리를 넘긴다는 건 어느 정도 저에 대한 신뢰가 있기 때문이겠지요. 좋게 생각하고 있습니다. 더욱더 열심히 하려는 마음도 생깁니다. 긍정의 힘이 더 큽니다. 여기서 사람들하고 지내는 것 역시 저는 별문제가 없습니다. 식당 일이 어떤 사람들한테는 무척 힘든 일일 테지만 전 너무 좋습니다. 어려운 일도 아닙니다. 그래도 조심할 건 항상 조심합니다. 그래서 항상 별문제가 없는 것 같기도 해요. 성격이지요. 엄마 아빠에게 물려받은 성격입니다.

오늘 일 끝나고 빌딩 사이로 달을 찾았는데 달이 없었어요. 뭔가 허진하더라고요. 엄마랑 민해 없이 전주에 혼자 있는 아빠 생각도 많이 났습니다. 아빠랑 친하다는 건 저에게 큰 힘이 됩니다. 제가 사는 이 힘과 용기는 무엇과도 바꿀 수가 없지요. 아빠는 저에게 너무나도 많은 것을 주었지요. 제가 지닌 모든 것은 아빠와 엄마로부터 나온 것이니까요. 부정할 수 없는 일입니다.

집에 와서도 달을 찾을 수가 없네요. 오늘은 달이 없는 밤인가 봐요. 아빠랑 친구같이 이렇게 글도 서로 보낼 수 있는 건 정말 행운입니다. 정말 다행입니다.

전 이제 잘 거예요. 내일도 열심히 일을 해야 하니까요.

아빠, 안녕!

민세 올림

민세야, 이제 너에게 당부하거나 이래라저래라 사소한 걱정과 간섭의 잔소리가 필요 없게 되었다. 오랜 방황의 시간들이 불평과 불만, 한탄이 아닌 네 삶의 밑거름과 내디딜 발판이 되었다. 놀라운 일이다.

끊임없는 반성과 성찰 그리고 포기할 줄 모르는 인간에 대한 희망이 그런 긍정의 힘을 가져다주었구나. 살다가 보면 고난의 물살이 일어 너를 뒤뚱거리게 할지라도 뒤집어지지 않을 만큼 너는 정신을 채웠어.

어디서 일을 하든 두루두루 하루를 정리하고 또 내일을 잘 챙기는 너를 보며 우린 네가 얼마나 성실한 사람인가를 잘 알게 된단다. 모든 일에 정성을 다하고 성심을 다하는 그 마음이 너를 그 자리에 데려다 놓았다. 네가 서 있는 곳이 어디든 이제 그곳이 환하게 빛날 것이다. 달을 찾는 섬세한 네 마음이 그 눈물겨운 그리움이 너도 나도 그 누구도 몰랐던 신세계에 우리들을 데려다 놓을 것이다. 그리고 하루하루 너도 나도 모두 놀랄 것이다. 그런 날들이 될 것이다.

아침이다. 매미가 운다. 어제저녁에는 귀뚜라미도 울더구나.

아빠가

소소한 하루

오늘 인천에 갔다 왔단다. 인천대교는 길고 길었다. 다리 양쪽에 새로 지은 아파트와 빌딩들이 높이 솟아 있었다. 휴게소 두 곳에서 잠깐씩 쉬었다. 햇볕은 쨍쨍 따갑고 습도는 높더구나. 뭉게구름들이 산 너머로 솟아 있다. 약간은 낯선 구름들이 덤벙덤벙 낮게 떠다니기도 한다. 무지 무더웠다. 태풍이 몰려온다니 그런가 보다.

혼자 운전하며 가보았지. 저번에도 혼자 네 시간 운전하고 갔어. 조금 일찍 나서서 쉬엄쉬엄 가니 별 무리가 없더구나. 혼자 운전하고 가다 보면, 언젠가 너랑 같이 남해, 안동, 만리포해수욕장까지 1박 2일로 다니던 일이 생각난다. 넌 조용하고 침착하고 매너 있는 운전기사였다.

집에 와서 저녁밥을 먹었다. 아침에 내가 밥을 했는데, 흰쌀밥이 잘 되었다. 어두워지자 거센 바람이 아파트 동과 동 사이를 지나갔다. 간간이 후드득 비도 뿌렸다. 바람이 지나가면 나뭇가지들이 어둠 속에서 검은 모습으로 아우성을 치며 비명을 질렀다. 빗소리 때문에 문을 열었다 닫았다 했어.

손가락이 가려워 잠을 깼단다. 모기가 물었다. 파스를 발랐지. 그리고 잤다. 또 모기가 물었다. 모기가 발목과 무릎 장딴지를 물었다. 빨갛게 톡톡 불거져 있었어. 불을 켜고 파스를 바르고 모기를 찾았다. 모기가 천장에 까맣게 붙어 있었다. 옳거니, 파리약을 칙 뿌렸다. 놓쳤다. 문을 다 닫고 방 안에 파리약을 심하게 뿌렸다. 한참 후에 불을 켜고 방 안 구석구석을 뒤져 모기의 시체를 찾으려고 했으나, 못 찾았다. 휴대폰 불까지 켜고 샅샅이 찾았으나, 못 찾았다. 화장실에 가서 불을 켜고 파리약을 치익익익 뿌리고 두려워서 거실에 와서 누웠는데, 모기가 나를 찾아왔다. 이런 씨, 무서워서 다시 방으로 들어가 문을 다 열고 누웠다. 내가 무서워하는 것 가운데 하나는 모기란다. 모기는 나에게 공포다.

모기의 시체가 없다니, 불안하다. 어쩌지? 어쩌지? 하다가 잠이 들었다. 잠들기 전에 휴대폰을 켜보니 12시였다. 11시에 깨어 12시까지 한 시간 동안 그렇게 모기와 싸웠다. 방은 크고 구석은 많고 모기는 작다. 모기는 방 어딘가 숨어 있거나 아니면 파리약을 맞고 죽었거나 아니면 내가 잠들기를 기다릴지 모른다. 아무튼 두렵다. 세상에서 제일 두려운 것이 모기다.

새벽에 일어나니, 바람이 여전하구나. 태풍이다. 모기는 없었다. 어디서 죽었나 보다. 날 밝으면 시체든 생체든 찾아보아야겠다.

어둔 하늘로 검은 구름들이 이리저리 무질서하게, 전혀 종잡을 수 없이, 아무것도 가늠할 수 없이, 도대체 뭐가 뭔지 모르게, 그렇게 구름들이 하늘 속을 몰려다니다가 비를 뿌린다.

문득 동쪽 하늘 구석이 열리고 붉게 물든 하늘의 얼굴이 나타났다가 구름이 몰려가자 순간 하늘이 사라진다. 아침노을이 뜨면 그날은 비가 안 온다는 것을 나도 안다.

날이 밝았다. 아직도 바람은 분다. 밤새 바람에 시달린 정원에 나무들이 맥 풀려 늘어진 몸으로 도나캐나 흔들린다. 밤새 모기에게 쫓긴 나다. 귀뚜라미들이 구석에서 운다. 날이 더 밝아졌다. 모기의 시체를 찾아보아야겠다.

혼자 있으니, 개구리 소리가 더 크게 들린다.

아빠가

덴푸라 배우기

아빠, 안녕? 지금 아마 서울에 있겠네요.

전 월요일부터 튀김 쪽으로 들어갔습니다. 여기까지 오는 동안 혼나기도 엄청 많이 혼났지요. '덴푸라' 담당 셰프가 방글라데시 사람인데 영어가 아주 서툴고 짧아요. 20년을 호주에서 살았는데 영어로 말할 때는 좀 웃겨요. 전 그분이 하는 말 하나도 알아듣질 못하겠어요. 대화가 안 통해요. 그래도 어떻게든 소통을 합니다. 진짜 웃겨요. 웃을 때는 둘이 엄청 웃지요.

가끔 짜증이 날 때도 있어요, 저도 사람인지라. 하지만 그분 입장에서 생각해보면 제가 지금 몇 번째 배우는 사람이겠어요? 이런 생각하면 정말 그분이 고생이지요. 그래서 그분이 알려준 대로 열심히 하고 있어요. 오늘은 제가 만든 튀김을 보고 잘했다고 해주더라고요. 제가 엄지손가락을 치켜세웠더니 웃었어요. 뭐, 그 후로 또 혼나긴 했지만요. 저도 그분도 뒤끝이 없어서 아침에 그냥 반갑게 인사하면 끝나요. 제가 좀 빠릇빠릇 움직이니까 괜찮게 보고 있는 것 같아요.

운동 물론 해야 하지요! 주방에서 움직이는 시간이 많기는 하지만 말이에요. 날씨 좋아지면 홍준이랑 골프 치면서 다닐 겁니다. 지금 이사 온 집에 수영장도 있으니까 운동은 걱정하지 않아도 됩니다. 온 지 두 달도 되지 않았는데, 기분은 6개월을 넘게 산 것 같습니다.

지금 날씨가 아주 좋아요. 한국 봄 같습니다. 한국에서 여름이 시작될 때쯤 왔는데 여긴 겨울이었고 이제 봄이 오려나 봅니다. 주방 생활은 아빠가 생각하는 이상으로 힘들어요. 힘들어 하는 사람들을 보면 그래요. 대부분 돈 벌어서 장사를 하고 싶어 하니까요. 저도 가게를 하고 싶지요. 그것 때문에 공부를 하려고 이 나이에 이렇게 나와 있는 것이잖아요.

이 세상에는 먹을 것도 많고 볼 것도 많아요. 나름대로 정리하면서 음식도 직접 만들어보고 사람들에게 보여줄 것입니다. 여기도 사람 사는 일은 같아요. 사람은 겸손해야 한다고 생각합니다. 그 어떤 권력과 부를 가지고 있더라도 전 겸손하게 살아갈 것입니다. 그런 삶을 꼭 살아갈 것입니다.

이사한 이 집은 햇빛이 잘 들어요. 그래서 아침에 일어나서 잠깐 햇살을 보곤 하지요. 아침 햇살인데도 한국보다 강해요. 여름에 조심해야겠어요.

아빠 엄마 민해, 모두 서울에서 재미있게 노세요.

민세 올림

민세야, 안녕!

아침에 매미 소리에 잠이 깼단다. 엄마와 민해는 잔다. 엄마는 서울에서도 코 골고 자는구나. 여기는 영심이 누나네 집이다.

편지 아주 잘 읽었다. 갈수록 네 생각이 또렷이 나타난다. 글이란 결국 그 사람의 모든 것이다. 휴대폰으로 편지를 처음 쓰니 잘 안 되는구나.

너도 알겠지만 모든 것들은 그냥 얻어지지 않는다. 시간과 노력 그리고 그 일에 대한 믿음이 결과를 가져온다. 성공이 문제가 아니라 과정이 중요하다. 과정에서 얻어지는 삶의 순리와 이치를 깨닫고 그것을 믿는 삶에 대한 긍정의 힘이 좋은 결과에 다다르게 한다. 너는 그렇게 되어갈 것이다. 자신을 믿는 힘이 자신을 밀고 간다.

오늘은 여기 있다가 내려갈란다.

민세야, 힘내라. 너를 믿어라. 지금처럼 말이다.

안녕.

영심이네 집에서 아빠가

조그만 가게

오늘은 아빠께 저의 일기를 보내드려요.

일 시작한 지 어느덧 한 달이 훌쩍 넘어갔다. 아직 적응 못한 부분도 많고 적응을 잘한 부분도 많이 있다. 월요일부터 'Deep Fry'에 들어갔다. 한국말로는 튀김이고 일본말로는 덴푸라다. 아주 바쁜 편이다. 아직 메뉴도 익숙하지 않고 멀리서 들려오는 헤드셰프의 목소리도 잘 들리지 않는다. 같이 일하는 형들이랑 완식이는(아, 완식이는 이 가게에서 일하는 친구다. 이 가게에서 만났는데 일요일부터 완식이네 집에 이사해서 살기 시작했다.) 시간이 해결해준다고 말한다. 난 일 욕심이 강하다. 이 나이 먹도록 제대로 학교도 나오지 않았고, 무엇 하나 이룬 것이 없어서 일할 때는 항상 사력을 다한다. 쪽팔리기가 싫어서다. 나이 먹고 일도 못한다는 소리 듣기 싫기 때문에 접시를 닦더라도 최선을 다한다. 설거지를 하다가 옮겨간 튀김 자리는 몹시 어색하다. 내가 그냥 아무 생각 없이 가게에서 시켜 먹었던 튀김과는 느낌 자체가 다르다. 이만큼 낯설다는 게 신기할 정도고 그것이 이렇게 느껴진다는 게 오히려 신기하다.

그렇다고 자신감이 없어지는 것은 아니다. 가게마다 그 가게만의 특색이 있다. 난 당연히 거기에 맞추어 일을 하고 배우고 익혀가야 한다. 그건 누구도 부정할 수 없는 일의 길이다. 다만 그 속에서 이제 내 자리를 만들어가야 한다는 것이 중요하기 때문에 그 부분을 더 신경 쓴다. 이제 막 들어가서 정리가 잘 안 된다. 음식이 물론 중요하지만 나에게는 내가 서 있는 자리가 더 중요하다. 항상 정리 정돈을 신경 쓰는 이유가 거기 있다. 주변이 정리가 잘 되어 있어야 내가 올바르게 서 있을 수 있다. 무슨 일을 하든 정리 정돈이란 게 그만큼 중요하다는 걸 난 잘 알고 있다. 아마 우리 집에서 배웠을 것이다. 우리 집은 항상 깔끔하게 되어 있기 때문에 그것이 나도 모르는 사이에 내 몸과 마음속 깊은 곳에 자리 잡고 있다고 생각한다. 엄마와 아빠는 그림 하나 거는 데 1년이 걸릴 때도 있다. 모든 물건의 적재적소를 찾아야 한다.

지금 일하는 가게를 선택한 것을 후회하지 않는다. 나는 한국에서 일할 때와 같은 아픔을 겪기 싫다. 아직 한국에서의 너저분해진 마음이 온전히 해소된 것은 아니다. 그건 충격이었고 공포였다. 이제 후회하지 않는 삶을 살려고 한다. 그래서 지금 오히려 즐겁다.

오늘 헤드셰프한테 많이 혼났다. 혼나는 건 당연하다. 내가 일하는 곳은 정확한 체계가 있는 주방이니까. 그래도 여긴 편하다. 내 몸을 쓴 것에 정당한 보상을 받을 수 있으니, 그게 어디인가.

생각이 점차 확실히 정리되어가는 것 같다. 한국에 언제 갈지 모르겠지만 결국엔 한국에서 살 것이다.

여기서 요리를 심층적으로 깊게 공부해서 글을 쓰고 살고 싶다. 그리고 정말 조그마한 가게를 하고 싶다. 왜 이렇게 돈도 되지 않는 조그만 가게에 끌리는지 모르겠다. 그러기 위해서 나에게 필요한 건 공부다. 가게를 하면서 가게 안에서만 살아가긴 싫다. 물론 그런 장인을 쉽게 생각하는 것이 아니다. 난 그런 분들을 존경하니까. 한 방을 노리는 인생보다 오히려 그 뒤를 더 중요하게 여기면서 살아가야 한다는 생각이 많이 들었다. 잠깐 잘될 수는 있다. 그러나 시대가 변하고 사람이 변하듯이 사람들의 생각도 입맛도 변하기 마련이다. 난 그런 부분을 노려 돈을 벌려고 하지 않을 것이다. 내 인생에 한 방이란 단어는 없다. 불필요하다. 오히려 창피하다. 오래가야 한다. 오래오래 남을 것을 생각해야 한다.

민세야, 사흘씩이나 서울에 있으니 엄마도 나도 민해도 집에 가고 싶어 좀이 쑤셔 못 견뎌 했다. 민해는 아침에 일어나 집에 가자고 발을 뻗고 조르더구나. 우리 식구는 우리가 사는 집을 좋아한다. 밖에 나가면 금방 집으로 가고 싶어 하지. 집을 좋아하고 고향을 좋아하는 마음이 우리를 늘 이렇게 아름답게 묶어둔다. 영심이 누나와 신부님이 그런 마음을 알기에 우리를 한시라도 더 묶어두고 싶어 한다. 할머니가 좋고 고향의 느티나무와 고향의 밤과 하늘이, 아침 새소리와 저문 산의 새소리를 좋아한다. 그래서 너도 한국에 와서 살고 싶은 걸 거야. 떠나는 것이 돌아오기 위한 것임을 너는 안다. 산새와 같다.

민세야, 하루하루를 기록하는 네 일기를 보며 든든하기도 하고, 네 일상을 소상히 정리 정돈해가는 마음이 대견하기도 하구나. 중요한 것은 늘 자신에 대한 용서 없는 성찰과 새로운 다짐이다. 한발을 내딛는 마음을 스스로 감지하는 일이다. 보폭이 넓어지고 커가는 것이지. 너도 아빠처럼 자신의 발소리를 듣는 날이 올 것이다. 강가를 걷는 그 가슴 뛰는 자기 발소리를 말이다.

아빠가 늘 말하지. 어디서 무엇을 하며 사느냐가 중요한 게 아니라 어떻게 사느냐가 중요하다고. 너는 지금 그걸 몸과 마음에 익혀가고 있는 것이다. 현실은 보다 더 복잡하다. 현실은 용서가 없다. 비껴주지도 않고 비껴가지도 않는다. 늘 정면이다. 있는 그대로를 읽어내는 힘을 얻는 게 그리 힘들다. 너는 지금 충실하게 그걸 따르고 있다. 문제는 늘 현실에 매몰되면 안 된다는 것이고 또 현실을 벗어나면 안 된다는 것이다. 이 모순이 삶을 단련시키고 굳건하게 가꾸어간다.

한 발은 이상에 또 한 발은 현실에, 한 눈은 이상에 또 한 눈은 현실에, 머리는 현실에 가슴은 이상에, 그러면서 세상의 순리와 이치를 터득하게 되는 것이지. 철학적인 사고를 하게 한다.

너무 멀리까지 갔다. 민세야, 바쁠수록 돌아가라는 말이 있고 돌다리도 두드리며 가라는 말이 있다. 마음과 몸을 편안히 쉬게 하는 시간이 필요하다. 홀로 산책하는 시간을 갖도록 하거라. 걷는 일이, 한 발을 앞으로 내딛는 일이 네 삶을 크게 강화하고 평화를 가져다줄 것이다. 평화는 쉬는 게 아니라 끝없이 움직이는 자유를 가져다준다.

사랑을 얻거라. 우리 인류가 일찍이 경험해보지 못한 것을 너는 보여주거라.

안녕, 또 보자.

아빠가

조용함 속 치열함

안녕, 민세.

비 오고 바람 불고 덥다. 어젯밤은 비도 바람도 더위도 조용했다. 잘 잤다.

손님들이 계속 왔다 갔다 해서 바쁘단다. 아빠는 이번 주 내내 쉰다. 휴가철이라 강연이 없거든.

집에서 영화도 보고 잠도 편안히 잔다. 조용함 속에서도 마음은 치열한 움직임이 있다. 조용한 것 같지만 끊임없이 움직이는 자연처럼 말이다. 이런 움직임이 쌓이면 무엇인가 되겠지.

가을을 기다린다. 시골에 갔더니, 벌써 구절초 꽃이 피었더구나. 구절초 꽃이 피면 가을이 온다. 늘 그랬지, 방학이 끝나고 학교를 걸어가면 길가에 구절초 꽃이 피어 있었다. 아빠는 걸어 다니기를 좋아하니까 그 출퇴근길이 그렇게 좋았었다. 꿈같은 이야기지. 오래된 강 길의 계절이 얼마나 좋았는지 모른다. 오늘 아침에 그 생각이 났단다.

귀뚜라미가 또렷하게 운다. 민세가 간 지도 두 달이 되어간다.

『콩, 너는 죽었다』『너 내가 그럴 줄 알았어』『시가 내게로 왔다』 그리고 동화책들을 새로 찍었다. 이번 달은 책을 많이 찍은 셈이지.

민세야, 또 보자.

안녕.

아빠가

네가 그리울 때가 많다

민세야, 어제는 영화 〈명량〉을 보았다. 엄마와 나는 영화에 약간 실망을 했다. 보려는 마음보다 보지 말아야지 했던 그 마음이 역시 옳았다. 내 마음의 판단이 맞을 때가 있다. 스스로의 판단을 믿게 될 때가 많아진다. 나이가 들었다는 응답이겠지.

그러나 그런 마음대로 하지 못할 때가 있다. 몸을 써서 일을 해야 하는 네가 부러울 때가 있어. 마음이 몸을 움직이지만 몸이 하는 일은 정직하다. 너는 마음이 시키는 일을 몸으로 하는 사람이지. 몸이 표현해내고 이루어낸 증거를 마음으로 다시 확인한다. 정돈의 극치가 요리다. 인간을 살리기 때문이다.

어젯밤에는 우리 셋이 네 이야기를 하다가 귀뚜라미 소리를 들었다. 또렷했다. 네가 그리울 때가 많다. 우리 셋 다 너에게 마음이 가 있을 때가 있다. 그리움이지.

민세야, 네 곁에는 늘 우리가 있다. 둘러보면 곳곳에 우리가 있고 네 생각의 곳곳에 우리가 있단다.

아빠가

참 별일도 다 있지

민세야, 어제는 하루 종일 비가 왔다. 오늘 아침에도 비가 온다. 비가 잘도 오는구나.

시골 친구들이 닭을 잡는다고 해서 엄마랑 그 집에 갔었어. 닭을 열 마리도 넘게 삶아 배가 부르게 먹었단다. 농사짓는 사람들이라 닭 먹는 동안 내내 농사 이야기다. 벌써 벼가 팬다. 꿩들이 고추밭에 내려와 빨갛게 익어가는 고추만 골라 쪼아 씨를 빼먹는 바람에 고추 농사가 엉망이란다. 어떻게 꿩을 퇴치하고 잡을까 의견들이 양철 지붕에 떨어지는 빗소리만큼이나 시끌시끌 분분했더랬어.

참 별일도 다 있다. 콩을 심으면 비둘기들이 씨를 빼먹고 나머지 콩이 싹이 돋아 나박나박 나면 고라니들이 싹을 잘라 먹고 어떻게 콩이 열리면 멧돼지가 다 먹어치운단다. 멧돼지가 마을 집 뒤꼍까지 내려와 고구마를 뒤져 먹는다는구나. 여기나 저기나 별일들이 많다.

산짐승들의 농사 망치는 이야기 소리 속에 빗소리가 크게 들렸다 그쳤다 한다. 오래된 농사꾼들의 이야기와 빗소리는 잘 어울린다. 산천은 마냥 푸르다. 짙푸르다.

엄마와 민해는 영화 보러 가고 나는 시를 읽었다. 할머니는 기분이 아주 좋단다.

비가 온종일 오는 오늘은 시골을 오가며 편안하게 하루가 간 셈이다. 짙푸른 산에 비친 흰 빗줄기 곁에 둘러앉아 지붕에 떨어지는 빗소리를 들으며 닭고기를 뜯어 먹던 친구들의 어둔 얼굴이 지워지지 않았다.

내 등 뒤에서 빗소리가 그쳤다. 그리고 귀뚜라미가 울었다.

민세야, 또 보자.

안녕.

아빠가

살아 있는 목소리

민세! 어제부터 햇살이 달라지고 날씨가 선선해졌다.

벌써 가을이 온 것일까? 날씨가 이리 달라지다니, 올해는 그리 덥지 않게 여름이 가려나? 설마 이리 쉽게 여름이 물러날라고?

엄마랑 민해랑 민석이 엄마랑 저녁 먹고 한옥마을을 산책했구나. 아빠는 병천이 아저씨가 연출하는 동학농민혁명을 주제로 한마당극을 보았다. 극이 잘 되었든 못 되었든 전봉준이 하는 말은 지금도 우리들에게 유효해. 그때나 지금이나 백성들의 삶이 크게 개선된 게 없다는 말이기도 하지.

한옥마을 기와지붕 넘어 달이 둥실 떠 있었다. 민해는 무엇인가를 열심히 만든다. 머리가 복잡한 사람이야, 민해는. 머릿속에 떠오르는 것들을 바로 구체적인 것으로 형상화해내야 속이 풀리는 사람이지.

아빠는 오늘 부여에 간다. 해마다 하는 달빛 걷기 행사란다. 달이 밝은 날이어서 백마강은 더욱 돋보일 것이다.

민세 목소리가 빈틈이 없고 생기가 넘치더구나. 목소리가 살아 있어. 목소리 속에 사람의 모든 것이 묻어난다. 네 목소리로 네 표정을 내 앞에 그려준다.

민세야, 또 보자.

안녕.

아침 풀벌레 소리 곁에서 아빠가

차곡차곡 마음을 쌓다

아빠, 안녕!

오늘은 일요일입니다. 조금 뒤에 홍준이 만나기로 했어요. 오늘은 밥 먹고 골프 연습장에 가기로 했습니다. 신나는 일입니다. 날씨가 그렇게 맑지는 않지만 괜찮아요.

어제는 완식이(친구이자 집주인) 화수(같이 일하고 함께 사는 한 살 어린 동생) 경훈이(같이 일하는 스물한 살 동생) 카노(완식이의 일본인 여자친구)랑 역 앞에 있는 맥줏집에서 맥주 마셨습니다. 일요일이 쉬는 날이라서 다 같이 모이기도 쉽고 이야기할 거리도 많이 있습니다.

경훈이를 보면 제가 미국에 있을 때가 많이 생각납니다. 저도 그 나이에 미국에서 혼자 있었잖아요. 그때 만났던 형들이 지금 제 나이니까 시간이 그렇게 되어버린 겁니다. 재미있는 일이지요. 같이 일하면서 다들 손발도 잘 맞고 마음도 잘 맞아서 이렇게 끼리끼리 모여서 놉니다. 즐거워요.

형들이 저를 많이 아껴주고 좋아해줍니다. 이제 제가 다음에 무슨 말을 할까 슬슬 기대하는 눈치지요. 제가 웃기니까요. 일하다가 심심하면 저를 일부러 찾을 때도 있어요. 사람을 웃긴다는 건 아주 재미있는 일입니다. 유머감각이란 게 꼭 필요한 거더군요.

오늘 골프 연습장 가면 사진 찍어서 보내줄게요. 아, 신난다! 하하하.

민세 올림

민세야, 네 편지 보니 기분이 좋더라. 일도 잘하고 놀기도 잘하고 친구들과 명랑하게 지내는 모습이 퍽 좋구나. 마음을 그렇게 차곡차곡 쌓고, 쌓은 것들이 든든한 삶의 밑돌과 주축이 되어가야 해. 새로운 경험과 깨달음을 잊지 않고 마음에 담아두면 언젠가 네 삶에 얽힌 일들을 풀어가는 데 큰 힘이 될 거야.

네가 고생하며 배운 것들을 지금 하나하나 써먹듯이, 네가 지나온 삶의 경험들은 버릴 것이 없어야 한다. 그러려면 독서가 제일이다. 책은 많은 사람들의 경험과 체험에서 나온 자기 확신들이어서 나를 일깨워주고 내 경험에 대한 확인과 확신을 가져다준다. 그래야 성숙하고 성장한단다.

실속을 챙긴다는 말은 약삭빠른 비겁함이 아니라 정신적인 영토 확장이라고 할 수 있어. 자기의 창고에 정신을 비축하는 일이지. 너는 지금 그렇게 너의 창고를 키워가고 있구나.

아빠는 어제 하루 종일 집에 있었다. 느닷없이 소낙비가 내리고 그쳤다가 또 왔다. 개구리들이 울고 풀벌레가 울고 엄마랑 밥을 먹었다. 참, 엄마가 만든 된장이 아주 잘되어 맛이 그만이다.

네가 일요일에 친구들과 외식도 하도 영화도 보고 그렇게 한가하게 자연스럽게 놀러 다니니 우리 맘도 편하고 한가로워진다. 그런 한가로움이 꼭 필요하다. 노동에 대한 정당한 대가와 보상 그리고 휴식은 사람이 누려야 할 가장 소중한 가치잖니. 어디서 무엇을 하며 사느냐가 중요한 게 아니라 어디서 무엇을 하며 살든 인격적으로 존중받고 일에 대한 정당한 보상을 받아야 해. 인간으로서의 정당한 권리란다. 그것이 무시된 사회는 정의로운 사회가 아니야.

어제는 몸도 마음도 다 편하였다. 오늘은 임실군에 들른다. 시골집 짓는데, 법적 절차가 이제 다 끝났단다. 공사를 시작할 모양이구나. 오후에는 티브이 인터뷰가 잠깐 있다.

민세야, 살다가 보면 별일들이 다 있다. 꿋꿋하게 견디고 이겨내며 정당하고 당당하게 일들을 추리고 다듬어가길 바란다.

풀벌레 울음소리가 많아지고 날이 이리 서늘하구나. 가을이 한발 다가온 듯하다. 어제는 살이 오른 통통한 달이 떴다. 큰 달이었다.

안녕!

해 뜨기 전에 아빠가

고향을 가진 사람들

민세야, 어제는 군청에 갔다가 시골집으로 갔단다. 앞산 나무들은 자랄 대로 자라 위협적이기까지 하더구나. 칡넝쿨과 참나무 숲과 밤나무들이 어찌나 우거졌던지 산이 엄청 커 보였어. 해마다 산이 살이 찌고 키가 자라는 느낌이다. 비가 와서 물이 불어났고 맑아 보였다. 강이 맑으면 물고기들이 보인다. 해 질 무렵 강바닥에서 물고기들이 몸을 뒤집는지 반짝이는 모습도 보인다.

이 무렵이면 나는 너를 데리고 벼락바위로 가서 목욕을 했어. 작은 물고기들이 네 몸을 콕콕 찍으면 너는 고기를 잡으려고 손바닥으로 물을 때리곤 했다. 그러던 어느 날부턴가 네가 자꾸 몸을 긁어서 강물에 들어가지 않았어.

민해와 너는 고향을 가진 사람들이다. 밤의 산과 높은 달빛과 물소리를 몸에 익히고 산 사람들이지. 겨울밤 앞산 참나무 잎 부딪치는 소리를 들으며 너희들은 자랐다. 강을 건너오는 소낙비, 산을 그리며 내리는 눈송이들, 자연이 그린 그림과 자연이 써준 시와 자연이 들려준 음악을 아는 사람들이지. 큰 산을 그리는 빛과 어둠을 너희들은 보고 자랐다.

　세상을 자세히 보다 보면 할 말이 많아진단다. 자기 삶이 자세히 보이게 된다. 그 일상을 구체적으로 쓰면 글이야. 그리면 그림이지.

　아침 산에 간단다.

아침에 아빠가

아주 간단한 일

민세야, 어제는 수원에서 강연을 하고 서울에 가서 문학상 심사를 했단다. 오랜만에 엄마랑 같이 차 타고 갔지. 수원 강연은 그저 그랬다. 내가 가면 늘 어린이와 어른이 섞여 있는데, 미리 주의를 주어도 그렇더구나. 이야기의 초점이 흐려져서 잘못하면 횡설수설이 되니까 조심스러운 거지.

서울에 가서 잡지사를 찾는데 너무 힘이 들었다. 내비게이션을 사용해도 안 될 때는 잘 안 된다. 김사인 시인하고 최두석 시인 그리고 나 이렇게 셋이 심사를 했는데, 용케도 모두 심사 대상으로 가지고 온 시집들이 같았다. 사람 맘은 다 같다는 생각이 신기하더구나. 셋이 다 같은 생각을 하고 있었어.

집에 늦게 도착했지. 너도 알다시피 시골집을 군에 기부 체납하기 때문에, 자꾸 뭐가 허전해서 이런저런 생각이 드는구나. 오늘 계약을 하자고 했다.

계약 골자는 이러하단다. 첫째, 계약은 5년마다 새롭게 하지만 엄마와 아빠, 민해와 민세 그리고 형제들이 집을 관리하고 싶으면 언제든지 우선권이 있도록 했다. 자손 대대로 휴가철이나 시제 제사 추석과 설 명절 때 사용하도록 했다.

둘째, 한옥과 한옥 뒤에 짓는 집의 수도세와 전기세는 군에서 납부하기로 하고 우리가 사는 생활관의 수도세와 전기세는 우리가 내도록 했다. 집 관리는 우리가 책임지고 하기로 했다.

셋째, 집의 이름은 '김용택의 작은 학교'로 했다.

넷째, 집에서는 어떤 상업 행위도 하지 않기로 했다.

다섯째, 우리 집 어디서도 숙박으로 돈을 받지 않는다.

이게 군과 우리의 계약 내용이야. 오늘로 우리 집과 땅은 체납된다. 뭔가 서운하고 허전하지만, 그게 더 현명한 결정인 것 같구나. 나중에 너와 민해가 아빠보다 더 유명한 사람이 되어 우리 마을을 예술인 마을로 만들 수도 있겠다는 생각이 들곤 해. 아빠가 그 씨를 뿌린 셈이다. 너희들이 잘 가꾸고 다듬어가길 바란다.

공공의 일을 함에 사람들이 무얼 몰라서 일이 흐트러지고 꼬여 혼란스러운 게 아니다. 답은 아주 간단하고 늘 이미 나와 있단다. 나의 이익이나 내 집안의 이익이나 자기 패거리의 이익을 따지기보다 먼저 그 일이 사사로운 일인가 공공의 일인가를 생각해야 하고 그곳에 사는 사람들을 먼저 생각하면 된다. 나라가 이리 무질서하고 혼란스러운 것은 무얼 몰라서가 아니고 나라를 자기 것으로 착각하는 권력을 쥔 자들의 행패 때문이다. 도대체 나라를 관리하는 저자들은 나랏돈이 자기 돈인 줄 알고 나라가 자기들 것인 줄 아는 것이다. 나의 일은 마을 사람들을 먼저 생각하면 된다. 어려울 게 없다. 공명하고 정대하면 되고 꼼수나 꼼수가 없으면 된다. 늘 그렇게 우리 집을 생각해주길 바란다.

편지가 길어졌구나. 우리의 영혼이 살아 숨 쉬는 집을 군에 체납하고 나니, 이런저런 생각이 들어 너에게 나와 엄마 그리고 민해의 생각을 전했다.

오늘은 이만 줄인다.

아빠가

마음을 따르면

민세야, 한반도에 축복의 햇살이 내렸단다. 교황님이 오셨어. 세월호로 숨진 학생들과 그 가족을 가슴에 품었지. 큰 위로가 되었구나. 교황님의 행보가 곧 빛이 되고 일상의 밥이 되었다. 사랑에 굶주린 자들에게 사랑의 햇살과 바람이 불었다. 찬란한 햇살과 바람을 가슴에 가득 안은 것 같다. 희망과 사랑이 한반도에 넘친다. 산도 강도 사람들도 모두 환하게 그를 안았지.

나라가 무엇인지 지도자가 무엇인지 사람이 무엇인지 느껴보는 순간들이었어. 우리가 무엇을 몰라서 못하는 게 아니잖니? 다 알면서도 외면하고 포기하고 무시하니까. 참으로 개탄스러운 것은 나라를 자기의 소유물로 아는 사람들이다. 우리가 세월호를 저렇게 두고 어찌 다리를 뻗은 채 편히 잘 수 있겠니.

민해는 아침에 밥 먹다가 교황님이 세월호 때문에 한국에 왔을 것이라면서 고마움의 눈물을 흘렸단다. 나도 엄마도 울었다. 우리들 마음에 얼마나 큰 고통과 아픔이 자리 잡고 있는지 모른다. 인간의 가치와 존재와 존엄이 얼마나 훼손되고 상처를 입고 있는지 모른다. 민해도 나도 엄마도 모두 그 훼손된 자존심에 대한 아픔이 크기만 하구나.

교황님이 하는 말씀들이 어려운 말이 아니라 우리가 상식적으로 생각하는 수준이라는 데 난 놀랐어. 진심 하나면 된다는 생각을 했다. 우리 모두 마음이 있으니까. 마음을 따르면 된다.

안녕! 민세.

아침에 아빠가

농사

민세야, 어제는 갈담 필봉농악에서 열리는 민속대회에 가서 심사를 했단다. 어디선가 농악 소리가 들리면 가슴이 쿵쿵 뛰고 그 뛰는 맥박 소리에 발을 맞춰 숨 가쁘게 마당으로 달려가던 생각이 났지. 멀리서 울긋불긋 고깔들이 보이면 더욱 가슴이 뛰었다. 농악 소리는 단순하나 산천을 울리는 힘이 있다. 농사를 짓는 노동의 혼이 담겨 있기 때문일 거야.

어젯밤 내내 비가 왔다. 아마 마을 앞 강물이 많이 불어났을 것이다. 붉덩물이 세차게 흐르겠지. 저수지와 댐들이 텅텅 비었던데, 물이 가득 찼겠다. 저수지에 물이 가득하면 왠지 마음이 넉넉해진단다. 물로 농사를 짓던 농경사회의 자식이어서겠지?

요새 바쁜가 보구나. 그래도 간단하게라도 소식 주거라. 궁금하단다. 민해는 작업실을 얻어 나갈 모양이다. 독립해서 집중적으로 작업을 하고 싶겠지.

개구리가 빗속에서 엄청 운다. 거기도 비가 많이 온다고 했지.

아침에 아빠가

이슬비도 세상을 다 적신다

아빠, 안녕!

어제부터 비가 내렸습니다. 오늘 아침 출근할 때도 비가 많이 내렸어요. 사람들이 우산을 쓰고 전철을 향해 걸어가는 모습이 아주 재미있었습니다. 저도 그 속에 있었지요.

월요일, 여기 사람들도 똑같습니다. 월요일은 누구나 다 일하기 싫은 날이지요. 저도 일하기 싫어요. 그러다가 일어나서 출근하면 또 금방 일에 몰두합니다. 사람이란 게 신기하지요.

민해가 작업실을 따로 얻는다니, 잘 되었습니다. 혼자만의 공간이 생기니 그건 민해한테 좋은 일이겠지요.

원래 일요일에 홍준이랑 골프 연습장에 가려고 했는데 비가 와서 못 갔어요. 그래서 그냥 동네 카페에 가서 책 읽었지요. 너무나도 시끄러워서 집중이 되질 않았어요. 그냥 집에 있을 걸 했지요.

아, 지난주 금요일에는 주방 식구 다섯 명 정도가 집에 와서 간단하게 맥주를 한잔했습니다. 재미있었어요. 다들 사연이 있고 살아가는 이야기가 있어서 아주 즐거웠습니다. 제가 골프를 했다고 하면 다들 믿지 않아요. 나중에 본때를 보여줘야겠어요.

이주 금요일에는 일을 마치고 주방 모든 인원이 같이 만날 거 같아요. 한 열네 명 정도 되거든요. 형 한 명이 있는데 형수님이 다음 주가 출산 예정일이고 한국에서 장모님까지 들어오셔서 앞으로 몇 달은 술도 못 마실 것 같다며 다 같이 술 먹기로 했어요. 이 나라는 술집들이 밤새도록 하는 것도 아니고, 술 먹기도 간단하지가 않아 많이 마시질 못해요. 시티는 잘 모르겠어요. 가끔 그렇게 어울려서 노는 것도 좋아요. 한국에서처럼 맨날 그렇게 노는 게 아니니까요.

전 이제 자려고 합니다. 전철이 계속 지나다니는데 그 소리가 나쁘지 않습니다. 시끄러운 줄도 모르겠어요. 내일도 일하러 갑니다. 열심히 하는 거지요. 누가 알아주지 않아도 괜찮아요. 꾸준히 하다 보면 알아주는 사람이 있겠지요. 조급하게 생각하지 않으려 합니다. 조급하면 일을 어설프게 하게 되니까요.

민세 올림

민세야, 편지 반갑다. 그저께 온종일 비가 오더니 오늘은 밤을 새워 비가 왔다. 아빠는 아침에 일어나던 꼴로 시골에 갔다. 벼락 바위가 넘어서 마을 큰길 바로 밑까지 강물이 차올랐다. 집 지을 곳에 가서 물이 어디서 어떻게 나오는지 보았다. 옛날에 비가 이 정도 오면 큰집과 우리 집 사이 작은 골목으로 물이 철철 넘쳐흘렀거든. 며칠 동안 그 물로 걸레를 빨 정도였어. 잠을 자면 머리 맡에서 밤 내내 도랑물 소리가 났었다. 그 생각이 나서 가본 거지. 집을 지으려면 물길을 잡는 것이 중요하니까. 몇 군데 도랑만 잘 치면 괜찮아 보였다. 뒷집 샘에서 나오는 물길만 잘 잡으면 될 것 같더구나.

몇 달간 민해가 지낼 작업실을 얻었는데, 그 방에 엄마랑 나랑 민해랑 페인트칠을 했다. 집에서 가까운 곳이야. 동국아파트 상가 건물이다. 어은골로 가다 보면 천주교 성당 가기 전 오른쪽 골목에 있다. 열 평 정도 될까 말까 하더라. 그 방 페인트를 칠하는데, 재미있었단다. 네가 있었으면 웃으면서 일을 했을 텐데 말이다. 민해도 말하더구나. 밤에는 맥주를 마시고, 자장면을 불러다 먹었다. 배가 너무 불러 혼났다. 난 너무 많이 먹는다.

그리고 교황님이 가셨단다. 많은 것을 주고, 많은 숙제를 남기고 가셨어. 사람의 본심을 찾아야 한다는 말씀을 하고 가신 것 같구나.

민세야, 일이 즐거우면 된다. 어제와 오늘이 같으면 지루하지.

돈을 벌기 위해 마지못해 하는 일은 발전이 없어. 일로 인해 마음이 풍성해져야 한다. 자기의 일상으로 마음이 풍요로워지고 그 속에 행복이 숨어 있다는 것을 눈치채면 된단다.

이 세상에 쉬운 일은 없다. 그냥은 없어. 모두 다 힘이 들지. 자기 삶을 사랑해야 해. 자기를 아끼고 자기를 소중하게 가꾸어야 해. 글을 쓰고 공부를 게을리 하지 않는 이유는 다른 게 아니고 자기를 소중하고 귀한 사람으로 가꾸기 위해서야. 스스로 고귀하게 되는 일은 시련의 연속이란다. 그걸 기쁨으로 바꾸어야 한다. 그걸 행복으로 생각해야 하지.

사랑하는 나의 아들 민세야, 할머니, 엄마와 민해, 내가 네 뒤에 버티고 서 있다. 든든한 배경이다. 힘들면 그곳에 기대거라. 네 몸이 따듯해질 것이다. 용기와 희망이 될 것이다.

아침에는 이슬비가 내리는구나. 내 사는 소리를 죽이고 가만히 귀 기울이면 이슬비도 소리가 있단다. 걷는 몸을 멈추고 가만히 눈여겨보면 풀잎들이 흔들린다. 이슬비도 무게가 있다. 이슬비도 세상을 다 적신다.

아침에 아빠가

생수 터지듯이

민세, 안녕!

어제도 시골에 갔단다. 인터뷰를 시골서 한 거지. 앞 강에 시멘트 다리가 물 위로 나왔다. 오랜만에 강물이 맑더구나. 생수 터진 산골 물들이 강으로 내려오기 때문이다. 비가 많이 오면 곳곳에서 생수가 터진다. 땅속에 살아 있던 가느다란 물줄기들이 빗물을 만나 불어난 것이다. 비가 많이 오면 여기저기서 생수가 콸콸 솟는다. 그래서 물이 맑고 강물이 시원하다. 그렇게 비가 많이 와서 지하에 있는 물줄기들 물길을 틔워주어야 물길이 막히지 않고 늘 살아 있단다.

〈샘터〉에서 엄마에게 원고 청탁을 했다. 엄마는 놀라고 기뻐한다. 내용을 듣더니 처음이지만 쓸 수 있겠다고 말했단다. 아주 좋아한다. 나도 민해도 좋아해주었다. 기쁜 일이잖니.

아빠는 이제 강연이 시작되었다. 오늘은 전남 무안에 간다. 엄마랑 갈 생각이다.

민해는 작업실이 생겨 아주 만족해 한다. 자기만의 창작 공간이 생긴 자의 느긋한 여유가 엿보인다.

아침에도 빗소리에 잠이 깼다. 늦은 장마구나.

아빠가

같이 쓴 동시

아빠는 시인

눈곱이 끼였어요.
메리야스에 김치 국물 흘렸어요.
입술에 고춧가루 붙었어요.
똥배가 나왔어요.
그런 모습으로 소파에 앉아
커피를 마시며 시를 읽어요.
엉덩이를 들고
방귀를 뿌웅 뀌었어요.
내가 아빠 땜에 살 수가 없어요.
그래도 괜찮아요.
우리 아빠는 시인이거든요.

시인의 딸

나는 시인이에요.
세상을 들었다 놨다 하지요.
강물을 거꾸로 흐르게 할 수 있고
구름을 불러 오기도 해요.
말도 내 맘대로 하고
글도 쓰고 싶은 대로 써요.
텔레비전도 내 맘대로 봐요.
그런데 이제 그럴 수 없어요.
곧, 딸이 오거든요.

남해

아침밥도 안 먹고
남해까지 왔어요.
바다를 보더니
아빠가 시를 쓴대요.
진짜, 어이없어요.

엄마, 민해랑 같이 쓴 동시란다. 이 동시를 써놓고 많이 웃었다, 시 속 주인공이 나서서 더 웃겼지.

어제는 무안에 갔단다. 무안은 전남의 도청 소재지란다. 정말 느닷없이 생긴 도시다. 마치 영화 세트 같더구나. 사람을 받아들일 준비가 안 된 것 같아 보였다. 피와 살과 뼈가 서로 맞지 않은 몸 같다. 포털 사이트 속에 만들어진 게임의 도시 같은 분위기가 났어. 급조된 도시의 개발 붐을 타고 기대에 부푼 수많은 상가들이 생겼다. 밥집 술집 고깃집 찻집들이 불안해 보인다. 세상에 이런 도시도 있구나. 도시가 천천히 조성되어야 그곳에 온 사람들이 서로 눈에 익고 마음에 익혀 정이 들고, 건물과 건물, 길과 길들이 그리고 그곳의 자연이 모두 다 서서히 정들어가야 사람 사는 도시가 되는데 말이다. 우선 집부터 짓고, 돈부터 벌겠다는 사람들의 욕심이 도시를 그렇게 만들었더구나. 사람들의 표정이 그리 밝지만은 않았다. 낯선 땅에 대한 두려움과 불안이 아직 가시지 않은 얼굴들이었다. 그런 느낌을 받았다. 급조된 도시의 그 허세와 조급함과 사람들의 거침없는 욕망이 묘한 분위기를 만들어냈다. 불안한 한국 정치의 얼굴 같았다. 우리가 사는 세상이 아닌 어떤 낯선 도시를 갔다 온 기분이다. 〈아일랜드〉라는 영화가 있어. 아일랜드를 가기 위해 기다리는 사람들이 사는 도시 말이야. 영화는 때로 현실보다 더 현실적이지.

어제저녁은 문을 다 닫고 잤다. 오늘은 고창 대천초등학교에 간다. 초등학교에 간다는 생각을 하면 늘 마음이 서성여진다. 아이들에게 문학 강연이 가당키나 한 이야기더냐. 가서 아이들과 글쓰기 하고 올 생각이다.

안녕, 또 보자.

아침에 아빠가

다행 중 다행

민세야, 네가 호주에 간 것에 만족하고 있어서 마음이 놓인단다. 가족들은 서로의 얼굴 표정에서 상대의 기분을 읽고 얼굴이 안 보이면 목소리로 상대의 생각과 말을 믿게 되지. 네 목소리에서 너의 일상을 그리고 삶의 태도와 믿음을 읽는다. 난 표정보다 목소리를 더 믿는 편이다.

아빠는 고창의 작은 학교에 가서 시골 아이들을 만나고 왔단다. 학교 운동장이며 교실이며 시설물들이 초라해 보였다. 아이들의 얼굴을 보면서 사람들의 삶을 읽었지. 가정생활이 배어든 아이들의 얼굴은 속일 수 없다. 땅은 넓고 기름지나 그곳 아이들의 얼굴은 땅을 닮지 않았다. 그곳에 버려진 파밭의 파같이 시들하고 윤기가 없었단다.

정말 되는 게 없는 게 농민들의 농사다. 내가 간 곳은 수박으로 유명한 대산이라는 곳이었어. 비가 많이 와서 수박 농사를 망쳤단다. 국가가 관리하지 않은 농촌은 빚과 가난에 허덕인다. 그게 농민들의 평생이다. 버림받은 곳이다. 수박이 잘되는가 싶으면 수

박을 모두 심어 수박 값이 똥값이 된다. 파가 비싸다고 하면 모두 파를 심어 파 농사를 망쳐버린다. 파도 무도 배추 농사도 다 그렇게 자기들끼리 망친다. 특용작물에 대한 수요와 공급을 조절하지 못한 처사다. 국가가 조절하고 관리해야 마땅한데, 국가의 농업 방치가 불러온 농민들의 고통이지.

아이들과 놀고 집에 와서 혼자 놀았다. 네 전화 목소리 듣고 반가웠다. 아빠가 만든 어린이 책이 잘 팔린다고 하네. 지난달과 이번 달에는 책을 많이 찍었다. 책을 많이 찍으면 기분이 좋다.

아침에 일어나면 바람이 어제보다 더 선선해져 있다. 구절초 꽃이 많이 피어 있고 코스모스도 많이 폈더구나.

민세, 안녕!

이른 아침에 아빠가

청춘의 잠자리

민세야, 너에게 쓴 편지가 민해에게 갔다는 사실을 이제야 알았다. 너에게 다시 보낸다.

요즘 나는 이따금 네가 자던 방에서 잔단다. 창밖 단풍나무 잎이 바람에 살랑이는 것을 본다. 때로 네 생각이 짙게 나서 돌아눕는다. 아프게 흘러갔을 네 청춘의 잠자리를 생각한다. 밤과 낮 그리고 홀로 문득 아파트 저 너머 다가올 네 생의 하늘을 너는 가늠해 보았겠지. 누구에게나 젊음은 그렇게 어두웠단다. 그리고 어느 날 갑자기 자기가 살아갈 환한 틈이 열리기도 한다. 그 순간이 언제 올지 아무도 모르면서 젊음은 간다.

민해와 엄마는 일본에, 너는 호주에 있구나. 아빠는 할머니 손을 잡고 치과에 갔다 왔다. 할머니가 나를 올려다보며 내 손을 꼬옥 쥐더구나. 그 깊고도 아득한 믿음의 힘이 그 현실이 사람이 사는 일인갑다, 했다. 삶에 무엇이 더 끼어들겠니.

부지런히 공부하고 부지런히 너를 갈고닦으렴. 돈이 아니고 삶이다. 삶을 믿어라. 든든하게, 네가 너에게 든든하게, 너를 신뢰하는 일상의 긍지를 키워야 한단다.

마을 앞에 서 있는 우람한 나무를 보아라. 너도 그렇게 너를 키워가야 한다. 급급해 하지 말고 서둘지 말고 조급해 하지 말고 나무처럼 그렇게 너를 키워가거라. 바람이 불고 해가 뜨고 달과 별들이 너를 찾아오리라. 그런 밤이 있고 잎이 찬란하게 피어날 날 아침이 있을 것이다.

또 보자.

아빠가

천천히 차근차근

민세야, 아침저녁으로 날씨가 선선해졌다. 이틀간 집에서 쉬었단다. 집에서 며칠간 쉬면 금세 지루해진다.

오늘은 여주에 간다. 공연이 있다. 집에 있으면 심심하다. 나이 들어 일 없으면 보통 힘든 게 아니다. 사람은 심심하면 견디지 못하니까.

이제 삶의 태도를 바꾸어야 한다. 자기가 좋은 일을 찾아 하며 살지 않으면 은퇴 후의 생활이 정말 막막해진다. 살아온 삶과 은퇴 후 남은 삶이 같잖니. 30년 40년 직장 생활하다가 퇴직하면 아무것도 모르는 사람이 되어 전혀 낯선 세상을 보게 된다. 젊어서 돈 벌어 늙어 편하게 소일하며 살기엔 긴 세월이 앞에 놓인다. 돈 벌어 놓고 쓰면서 소일하거나 일없이 놀기엔 모두들 너무 젊다. 일흔 살 여든 살도 이제 젊다.

민세야, 천천히 차근차근 일을 배우고 또 써먹어라.

가을이다. 들판 곳곳에 올벼들이 익어가고 수수 모가지가 고개를 숙였단다. 쑥부쟁이, 물봉선, 억새, 구절초가 모여 피고 길가 야산에는 벌초를 한 묘들이 단정하다. 죽음만이 저렇게 말없이 단정하게 정리가 되어 있다. 밤에는 문을 열어 놓고 자면 춥더구나.

민해는 작업실에서 산다. 일찍 자니 일찍 일어나 작업실에 갔다가 와서 밥 먹고 또 간다. 공부하고, 만든다. 공부에 질리지 않는 사람이다. 참 이상한 사람이 우리 집에 태어났구나.

곧 추석이다. 오늘부터 사흘간 쉰단다. 개구리 울음소리들이 어느새 사라졌다. 가을 들판이 샛노래질 것이다. 감이 익겠지. 밤이 익어 땅에 떨어질 것이다.

안녕, 민세.

아침에 아빠가

부모 마음

민세야, 나는 너희들이 미국에 가 있을 때 하루하루 전화를 했었지. 너희들의 목소리를 듣기 위해서다. 목소리 속에서 너희들의 일상과 안전을 그리고 하루를 가늠했다. 메신저가 생겼을 때 나는 아침 눈을 뜨자마자 엄마의 휴대폰을 열었다. 민해와 엄마의 마지막 통화 내역을 보아야 안심이 되었으니까. 하루하루 너희들의 일상이 묻어나는 목소리와 짧은 문장 속에서 일비일희했다. 부모의 마음은 그런 것이란다.

지금도 나는 아침이면 일어나자마자 엄마의 휴대폰을 열어 너와 엄마의 대화를 확인한다. 그게 내 일과의 첫 순서다.

비가 많이 오는구나. 나는 너희들이 어떤 생각을 가지고 어떻게 살고 있는지 궁금하다. 그래서 편지를 쓰는 것이다. 너도 짬이나는 대로 몇 자라도 편지를 써서 보내주거라. 바쁘고 힘이 들겠지만 말이다.

추석이 가까워온다. 너희 둘을 데리고 명절을 보낸 지가 언제인지 모르겠다.

달이 높이 뜨면 난 너희들이 보고 싶었단다.

민세야, 빗소리가 들린다. 풀벌레도 운다.

안녕!

아빠가

일주일에 800달러

아빠, 지금 전 전철 안에 있어요. 오늘은 주말이라서 전철 안이 한가하네요. 여기 생활처럼 말이지요.

그동안 '자세'라는 것에 대해서 많은 생각들을 했습니다. 서 있는 자세, 일하는 자세, 사람을 대하는 자세, 이런저런 자세에 대해서 고민했습니다. '자세'가 얼마나 중요한 것인지 새삼 깨닫게 된 두 주였습니다.

회사에서 저에게 이제 주급으로 일해볼 생각이 없느냐고 물어왔어요. 일주일에 800달러씩 받고 일하는 것이지요. 지금처럼 쉬어가면서 일하지는 못해요. 그리고 세금도 떼는데, 세금이야 어차피 나중에 다시 돌려받을 수 있으니까요. 회사에서 저를 좋아해주는 것 같습니다. 아주 기분 좋은 일이지요.

전철 안에서 민세 올림

민세야, 편지 주어 고맙구나.

할머니가 오셨단다. 얼굴도 좋아지시고 컨디션도 아주 좋아 보이신다. 오시자마자 수를 놓으시고 맛있게 이것저것 드시더니, 주무신다. 할머니는 자기의 삶을 스스로 저리 정리하고 다듬으시니 집이 무사하다. 세상사를 달관한 높은 스님 같아 보일 때가 있단다. 민해가 아주 살뜰하게 할머니를 돌본다. 엄마는 정성을 다하여 음식을 만들고 민해가 잘 도와서 적당량의 음식을 드시지.

날씨가 아주 좋구나. 하늘이 높고 구름도 높다. 바람이 선선하다는 게 새삼스럽다. 늘 이렇게 계절의 문턱을 넘으며 삶을 뒤돌아보고 들여다보게 된다. 계절은 그렇게 와서 또 간다.

네 편지를 엄마가 인쇄해달라고 하더구나. 그러곤 읽고 또 읽으며 좋아한다. 네 편지에 너의 모든 일상과 생각이 실려 있어. 네가 지금 어디쯤 가 있는지 가늠할 수 있지. 네 생각이 깊어지고 무거워졌음을 우린 느꼈다. 믿음을 가진 자의 신념 같은 게 느껴져. 네 편지를 읽으면서 가을 들판을 생각했단다.

민세야, 너의 일에 대해서는 네가 더 잘 알 것이다. 좋은 일이다. 다만 적당히 쉬는 날과 시간들이 있어야 한다. 일주일에 며칠을 쉬는지 하루에 몇 시간씩 일을 하는지 모르겠구나. 너의 성실성과 근면성을 그리고 진지함과 진정성을 그리 알아주는구나.

온갖 풀들과 곡식들이 차분하게 익어간다. 아침노을이 붉구나.

아침에 아빠가

꼼짝 못하게 하는

민세야, 어제는 아빠 친구들하고 강천 산에 갔단다. 좋은 가을
길을 걸었다. 햇살도 좋고 하늘도 좋고 들길들도 좋았다. 강천 산
을 걷고 섬진강에 가서 메기찜을 먹었지. 강을 곁에 두고 밥을 배
불리 먹고 섬진강을 거슬러 진메까지 왔다. 거스르는 강물이 맑
아서 좋았다. 추색이 완연해가는 가을 강물이 맑아 우리 마음도
덩달아 맑아졌단다.

추석날은 시골집 느티나무 밑에서 온종일 놀았다. 이튿날은 민
해랑 어머니랑 작은엄마랑 다슬기를 잡았지. 민해는 아주 다슬기
를 잘 잡는다. 할머니가 신기해 하신다. 미국 가서 공부하면 아무
것도 모른다는데, 민해는 다슬기도 잘 잡고, 추석 때나 보통 때
집안일도 잘 거들고 못하는 게 없다고 할머니가 좋아하신다. 할
머니도 하루 내내 시골에서 조용히 노셨다. 할머니는 더 편안해
지셨다.

민세야, 아빠는 또 서울에 강연 갔다. 출판사 직원들 만나 책
계획하고 〈인간극장〉 제작팀 만나 이야기 나누고 예술의전당에

서 전라도 춤과 가락 공연을 보았다. 전라도 출신들의 가야금, 춤, 거문고, 판소리, 사물놀이를 보았지. 판소리를 하는 안숙선 명창께서 소리를 아주 맛깔나게 하더구나.

노래든 뭐든 관객들이 잡생각 못하도록 꽉 잡고 있어야 잘하는 것이라는 생각을 했다. 거문고나 아쟁을 연주할 때 나는 내일 울산과 진메 강연을 생각하고 있었거든. 그런데 안숙선 명창의 〈춘향전〉은 나를 꼼짝 못하게 했다. 사람을 꼼짝 못하게 하는 것이 예술이겠지. 전주 사람들과 함께 차를 타고 왔다. 늦게 잤다.

가을이 깊어진다. 할 일들도 많아진다.

선선한 아침에 아빠가

아침노을

민세야, 정말 날씨가 좋구나. 따가운 햇살 속을 차로 달리며 가을 풀꽃들과 곡식들을 보았다. 모든 생물들이 햇살을 깊이 받아들이겠지. 그래야 익으니까.

오늘 아침에 앞 동 아파트 벽이 붉길래 나가 하늘을 보니 하늘이 불난 것처럼 붉다. 아침노을이다. 구름이 적어야 아침노을이 붉다. 아침노을 뜨면 할머니가 이렇게 말씀하셨지.

"아침 붉새 뜨면 가물고 저녁 붉새 뜨면 며칠 있다 비 온다."

할머니는 노을을 '붉새'라 했다. 정말 아침노을이 붉구나.

참, 어제 시골 갔다가 구담 마을에 들렀다.

강물이 정말 푸르더구나. 억새꽃이 좋았다.

민세, 안녕!

아침노을 보다가 아빠가

기대고 살기

민세야, 어제는 상주 안동 지나 영주에 갔다 왔단다. 초가을 들판이 아름다웠다. 상주 안동 문경 영주는 산이 낮은 고을이지. 작은 산굽이를 돌면 작은 들이 안온하게 펼쳐져 있고 들 끝에는 작은 마을들이 다정하게 낮은 산에 등을 기대고 자리를 잡고 앉아 있다. 이 나라 모두 다 뒷산에 등을 대고 있다. 기댄다는 것은 모든 인문의 시작이다. 이 세상 모든 것들이 다 기대고 산다. 낮은 산으로 뻥 둘러싸여 있는 들과 마을이 기름지고 풍성해 보였다. 산으로 둘러싸여 있는 마을에는 물과 바람과 햇살이 모여든다. 물이 모이고 햇살이 머물고 바람이 쉬며 모든 생물들을 키운다. 산을 돌다가 저기쯤 마을이 있겠지 하면 틀림없이 마을이 있다. 꼭 있을 만한 곳에 마을이 있고 있을 곳에 들이 있었다. 안정감과 평화가 머문 정겨운 고을들이었다. 차에서 내려 저 산 밑 마을까지 한가하게 걸어 들어가고 싶었다. 가을이어서 그런지 작은 들의 샛노란 벼들이 더욱더 마을을 푸근하게 해주더구나.

작고 낮아 다정한 산, 뽐낼 것도 다툼도 없는 작은 산들이 모

든 시기와 질투, 질시와 부러움으로부터 마을을 지켜주고 있었
다. 조용히 들어가 살고 싶은 정다운 마을들이 많았다. 엄마도
나도 아주 만족한 초가을 여행이었단다. 우리나라 가을은 아름
답다는 것을 견학하고 왔다. 보고 배운다.

　민세, 안녕!

아침에 아빠가

흔들려야 자리를 잡는다

충북 보은에 갔다 왔다. 어제도 이야기했지만 그쪽 지역은 들과 산과 마을들이 알맞게 조화를 이룬 곳이지. 자족할 수 있는, 조촐하지만 별로 부러운 것 없이 살림을 잘 하고 잘 사는 마을들 같았다.

민세야, 그랬었구나. 마음이 흔들렸구나. 그래, 흔들려야 자리를 잡는다. 방황은 모색이고, 자리를 잡기 위한 몸살이다. 방황 없으면 고민이 없고 고민이 없으면 정신 활동이 없으니, 마음이 커지지 않고 정리되지 않는단다. 정리해야 새로운 세상을 보게 된다.

민세야, 마음의 훈련을 확인하고 확장하기 위해서 틈을 내서라도 아빠에게 편지를 쓰거라. 아무 말이나 써도 돼. 그래야 마음이 움직이고 활발해진다. 마음이 가라앉고 흔들릴 때 편지는 마음을 다잡아준다. 여유가 생기고 힘이 생기지. 자신을 들여다보기 때문이란다. 그 연습을 해. 생각을 전달하고자 할 때 그건 자기를 정돈하는 일이기도 하므로 새로운 세상을 만나게 해준다.

글쓰기는 의외의 신비로운 감정을 경험하게 해준다.

아빠는 어제 머리 깎고 집에 보일러 틀었다.

엄마는 오늘도 티브이 찍고 나는 집에서 쉰단다.

아침에 아빠가

안부

민세야, 어제는 할머니한테 갔단다. 컨디션이 좋아 보이셨다. 틀니가 잘 나왔다고 볼 때마다 좋아하신다. 엄마가 해준 밥도 먹었다. 다슬기국, 가지무침, 호박무침, 호박잎찜, 호박부침개가 맛있었다.

밥 먹다가 할머니 생각이 나 분위기가 무거워졌다. 너도 생각났다. 네가 영화를 보고 쉬니 우리는 너무 좋다. '개콘' 다 못 보고 잤다.

오늘은 시골집 지을 회사 사장 만났구나. 이번주부터 집 짓는 공사를 시작한다. 시골에서는 아빠가 심은 느티나무 밑에서 놀았다. 이장이 느티나무 아래에다가 국숫집을 내서 국수를 판단다. 막걸리도 팔고 말이지.

앞산 감이 익어간다. 밤도 익어 떨어졌어. 엄마랑 민해랑은 다슬기를 또 잡았다. 오늘 아침에는 뒷산에 가서 막대기를 던져 밤을 털었다. 세 개 주웠다. 또글또글한 붉은 밤이 길에 툭 떨어져 먼지를 뒤집어쓴다.

태풍이 온다는구나. 구름들이 몰려오며 하늘이 벌벌 떨고 있다.
또 보자, 안녕.

아빠가

아빠, 저는 지금 전철 안입니다. 사람들이 아주 꽉 차 있습니다. 마치 영화 〈설국열차〉처럼, 저는 꼬리 칸에 타 있습니다. 〈명량〉은 저에게 그다지 감흥을 주지 못했습니다. 감동을 강요당하는 느낌이랄까 마음에 차지 않았습니다.

할머니가 괜찮아지시고 시골집도 잘 해결이 되니 아주 좋은 일입니다. 엄마가 티브이에도 나오고 재미있는 일만 가득하네요.

오늘은 점심만 일하고 오후는 일하지 않습니다. 일 끝나고 시장도 좀 보고 먹을 것 좀 사놓으려 합니다.

오늘은 날씨가 아주 좋습니다.

민세 올림

받아들이는 힘

아빠, 전 지금 일 끝나고 완식이, 카노, 화수, 완식이네 형하고 역 앞에 있는 맥줏집에서 맥주를 한잔하고 집에 들어왔답니다.

여기는 날씨가 점점 좋아지고 있습니다. 일요일에는 반바지도 다 꺼내고 여름옷도 다 꺼내어서 옷장에 가지런히 정리해 놓았습니다. 몸에 배인 그런 정리 습관들이 일을 할 때 고스란히 묻어 나오는 것이겠지요. 이런 습관들이 빛이 날 때가 많습니다. 제가 아침에 이불을 가지런히 정리해 놓고 나오는 걸 보면 화수도 완식이도 카노도 굉장히 놀랍니다. 전 오히려 이불을 정리 안 하고 나오는 아이들이 더 놀라운데요. 몇 초도 안 걸리는 시간인데 말이지요. 자기 자리를 정리한다는 건 중요한 일입니다. 이런 습관들은 일상생활이나 작업에 큰 도움이 될 때가 많잖아요. 내 자리와 생각을 정리할 수 있으니까요. 내 자리를 정리하고, 생각을 정리하는 것이 그들에게는 어떻게 보면 굉장히 낯선 것일 수도 있겠다는 생각을 할 때가 있습니다. 그러면 좀 이해가 갑니다. 분명히 낯설겠지요. 무엇인가 맞지 않은 옷을 입는 기분일

115

테고요. 저에게는 정말 잘 맞는 옷인데 말입니다.

태풍이 무서워 나무도 달도 별도 떨고 있겠네요. 그래도 지나가면 언제 그랬냐는 듯 각자의 자리에 있겠지요.

엄마랑 민해가 다슬기 잡고 노는 모습이 눈에 선합니다. 시골이 시끄럽겠어요. 시끄러운 게 정겹다는 건 그럴 때 하는 말일 거예요.

내일도 오전만 일하고 오후에는 집에 옵니다. 집에 오면 책 보고 글 쓰고 그렇게 보냅니다. 혼자만의 시간입니다. 정말 시간이 금방 지나갑니다. 티브이도 좀 보고, 영화도 보고, 이런 시간과 여유를 당분간 그냥 즐기렵니다. 저에게는 분명 필요한 시간이라는 생각이 들기 때문입니다.

이제 그만 자렵니다.

민세 올림

민세야, 너를 보면 사람이 얼마나 변할 수 있는지를 확인할 수 있단다. 어떤 마음을 먹는다는 것이, 그 먹은 마음을 결행한다는 것이 얼마나 사람을 바꾸어 놓는지 너를 보면서 확인한다. 아빠는 기쁘다. 네 편지 속에 네 삶의 무게가 실리기 때문이다. 문체는 간결해지고, 간결해진 글 속에 네 마음결이 느껴진다. 나무가 커가면서 잔가지를 버리고 자기를 가다듬듯이 네 삶을 가다듬고 있는 모습이 눈에 선하구나.

일을 하는 것이 남의 일을 하는 것이 아니라 결국은 자기를 가꾸는 일이라는 것을 너는 보여준다. 직장이 공부가 되고 사는 일이 공부가 되는 것을 너는 보여주고 있다는 말이지. 삶이 공부가 되어야 한다. 할머니가 그렇게 사셨다. 감히 접근하기 어려운 귀한 인격을 네 글 속에서 찾을 수 있다. 두루두루 너를 점검하고, 곧추세워가는 것을 볼 때 나는 마음이 떨린다. 너도 그렇게 때로 네 마음의 떨림을 느낄 것이다. 그렇게 자기를 정리해야 다음 것을 받아들이고 받아들여야 나를 재창조한다. 나를 새롭게 세우는 일은 결국은 받아들이는 힘에 의해서만 가능하단다.

마른 나뭇잎에 떨어지는 빗소리를 들었다. 퍼뜩 잠이 깼다. 일어나 문을 열고 다시 누워 마음을 열고 빗소리를 듣는다. 고요한 마음에 빗방울들이 떨어진다. 이 새벽, 산과 들은 부산하겠지?

어제는 혼자 평택에 갔다 왔단다. 가다 커피도 사 마셨다. 아빠가 이제 커피도 자연스럽게 마신다.

비가 오니 좋구나. 필요한 때 꼭 비가 온다. 자연의 일이고 존재하는 생명들의 조화다. 모든 자연이 비가 하는 일을 알고 그 일을 따를 것이다.

너의 하루가 빛나길, 네 생의 순간들이 영원하길, 네 영혼에 살이 올라 자유와 평화가 함께하길, 세상을 사랑하는 네 마음이 가득 차고 넘치길.

빗소리가 다시 들린다. 아빠 산책 길에 도토리가 툭 떨어져 있겠지.

민세, 안녕.

비 오는 아침에 아빠가

다툼이 없는 풍경

아빠, 아침에 일어나 방이 어두컴컴해서 문을 열고 나와 보니 하늘이 꾸물거렸습니다. '오늘은 반드시 비가 오겠구나' 하고 집을 나설 때 우산을 챙겼습니다. 가는 길에는 비가 오지 않았답니다.

지금 일하는 가게는 지하에 있습니다. 그래서 밖에 비가 오는지 날씨가 좋은지 안 좋은지 모릅니다. 한 가지 알 수 있는 방법은 계단 옆에 놓인 우산꽂이를 보면 되지요. 점심시간에 손님들이 들고 와서 꽂아둔 비 묻은 우산. 점심때는 비가 왔었나 봅니다. '집에 갈 때는 비 안 맞겠구나' 하는 생각이 들었지요. 오늘도 일찍 끝내고 집에 왔습니다. 일찍 오니 참으로 좋습니다.

지금 밖에 앉아서 편지 쓰고 있는데 빗방울이 떨어집니다. 평소와는 달리 하늘이 굉장히 어둡습니다. 비가 와서 아주 반갑습니다. 빗소리에서 무언가 낭만이 느껴집니다.

사진 몇 장 보냅니다. 집에 오디나무가 있을 줄이야. 맛은 별로 없습니다. 집에 소주가 몇 병 있길래 그걸로 그냥 오디주를 담궜

습니다. 12월에 한번 먹어볼 생각입니다. 맛에 그렇게 큰 기대를
걸지는 않습니다. 날씨가 흐린데 오늘은 기분이 상쾌합니다.

민세 올림

민세야, 편지 잘 읽었다. 네 편지는 볼수록 기분이 좋구나. 네 글 속의 문장들이 갈수록 잘 짜여가고 네가 선택한 언어들이 확실히 자리를 잡은 느낌이다. 헛말이 없고 생각의 남발이 없고 쓸데없이 부풀리고 넘치는 감정이 없다. 자리를 잘 잡아 품위를 갖추어가는 나무 같다. 나름대로 글이 되어간다는 생각이다. 글이 네 성격을 그대로 닮아가는 것이지. 넌 원래 그런 성품이었거든. 글이 사람을 닮는다. 반듯해지고 있는 너를 보면서 우리는 기쁘단다. 네 편지를 엄마가 큰 소리로 읽었다. 민해가 그러더라.

"오빠가 외롭구나."

외로움이 너를 그렇게 성숙시킨다는 생각을 잠시 했다.

어제는 할머니 병원 촬영이 있었다. 아빠는 시골집으로 소풍 온 어린이들하고 한 시간 반 놀았다. 글쓰기를 해보았지.

강물이 좋다. 강변도 좋다. 해 지면 노란색을 띠어가는 강물이 정말 좋다. 나는 차분하게 가라앉는 저물녘의 산천을 좋아했다. 배타적이지 않고 다툼도 없는 그런 풍경이었거든. 지금도 그렇다. 바람 잔 산과 강변이 강물과 내게 그대로 반영된다.

집에서는 민해와 엄마가 할머니 작품 전시에 대해 치열하게 토론을 한다. 엄마가 생각을 풍성하게 해주면 민해는 논리적으로 잘 가다듬는다. 어른이 다 되었다. '네가 있었으면 웃음으로 판을 기름지게 했을 텐데' 하는 생각들을 했다. 할머니 전시는 우리 집 거실에서 식구끼리 한다.

민세야, 오디나무가 아니고 뽕나무야. 참 신기하기도 하지. 그
곳에 뽕나무가 다 있다니, 그리고 겨울에 오디가 익다니.

우리 모두 너를 그리워한단다.

새벽에 아빠가

엄마의 편지

민세야, 오늘은 엄마가 너에게 쓴 편지를 동봉한다.

민세야, 엄마야.

네 편지를 보니, 자꾸 눈물이 난다.

여기 집에서 같이 살 때, 일 끝나고 집에 와서 신발을 벗으면 네 발에서 김이 뭉게뭉게 나고 양말을 짜면 물이 뚝뚝 떨어질 것 같았다. 하루 종일 밤 12시가 넘도록 얼마나 걸어 다녔으면, 신발 속의 양말이 그렇게 젖었겠니. 나는 쳐다보지도 않고 신발을 벗는 너를 보면 가슴이 미어졌다. 우리도 너의 하루를 생각하면 편하게 잠든 날이 없었다. 막막하기가 그지없었지. 그리고 네가 네 침대에 머리를 묻고 울고 있을 때, 내가 네 등에 손을 얹으면 너는 나를 돌아보지도 않고 내 손을 휙 뿌리치곤 했다. 그때를 나는 생생하게 기억한다. 네 무거운 어깨를 나는 지금도 기억하고 있다. 네가 얼마나 난감했을까? 어쩌면 그때가 스스로 네 현실에 눈떠가던 때였을 거야. 언젠가 네가 택시 타고 오던 날, 차창에 비친 너의 모습을 보고 술이 깼다고 했을 때, 엄마는 머리가 멍해졌어. 너의 앞날이 늘 불안했거든.

다행이야. 이제라도 네가 공부를 해서 이제라도 네가 세상에 대답을 할 수 있어서 얼마나 다행인지 몰라. 이제 엄마도 두 발 뻗고 잠잘 수 있겠구나. 너도 그렇지?

안녕, 내 새끼.

엄마가

인간에 대한 예의

아빠, 어제는 타이완 친구 송별회가 있었습니다. 테드라는 영어 이름을 가진 '놈'인데 같이 일하면서 많이 친해졌습니다. 제가 가끔 중국말도 하면 신기하게 생각하면서 같이 받아주었지요. 미약하게나마 저는 중국말을 기억하고 있습니다.

처음 술집에서는 한 스무 명 정도 있었지요. 많이도 모였어요. 대만, 일본, 한국, 인도, 동남아 등 여러 나라 사람이 있었지요. 재미있게 웃고 떠들고 놀았습니다. 술값이 상당히 비싸기 때문에 물론 다들 조금씩 먹습니다. 하지만 아주 재미있게 놀았습니다. 테드와 작별 인사를 하고 완식이, 화수, 카노와 택시를 타고 집에 와 4시 넘어서 잠들었습니다. 늦게까지 놀았지요.

오늘은 구름 한 점 없는 맑은 날입니다. 일어나서 빨래도 하고 침대도 정리하고 지금은 베란다에 앉아 있습니다. 커피 한 잔 마시면서, 이보다 더 여유로울 수는 없지요.

저녁에는 삼겹살 구워 먹기로 했습니다. 집에서 말이지요. 미국에서 주말마다 구홍이 형 집에서 놀았던 기억이 납니다. 여기서는 이렇게 주말에 먹고 놀고 운동할 수 있는 여유가 주중에 열심히 일한 것에 대한 당연한 보상이라고 생각합니다.

가을 들판은 아름답지요. 특히 한국 들판은 주변 산과 어우러져 더더욱 빛이 나지요. 비바람을 이기고 꼿꼿하게 서 있을 법하지만 벼들은 오히려 겸손하게 머리를 숙이고 있어요. 거만하지 않으렵니다. 당당하되 자만하지 않고, 그렇게 고개를 숙이며 살아가렵니다. 항상 사람을 존중하고 함부로 대하지 않고, 겸손하게 살아가렵니다.

꼭 그렇게 살아갈 것입니다.

민세 올림

민세야, 네 편지를 읽으며 네 체온을 느낀단다. 늘 같이 있는 거나 마찬가지지. 말들은 안 하지만, 우리 모두 네가 그리울 때가 있다. 그럴 때가 많아. 보고 싶으니까.

요즘은 애호박을 살짝 삶아서 장에 찍어 먹는데, 그게 그리 맛이 있다. 가지와 호박잎도 많이 먹는다. 엄마는 그런 음식을 좋아한다. 가을 음식이지. 엄마는 가을에 가을 음식을 먹고 봄에 봄 음식을 해 먹는다. 음식 만드는 일을 좋아하는 사람은 드문데 엄마는 그런 사람이다. 자연의 순환을 따라가는 셈이지. 고개를 숙이는 벼처럼 말이다.

그래, 민세야. 네 말이 맞다. 자세가 중요하다. 기품과 인품은, 품격과 인격은 마음에서 우러나오는 인간에 대한 예의이고 사랑이다. 큰 사랑을 얻어야 한다. 너른 마음과 깊은 울림을 주는 글을 써야 하고 그런 행동을 너는 배우고 있다. 아주 듬직하구나.

안녕.

낮에 아빠가

10년이 걸린다

아빠, 오늘은 제가 쓴 일기를 보냅니다. 전 이제 누군가가 종이와 연필 한 장만 주고 '어떤 글이라도 써보세요'라고 해도 막힘없이 써내려갈 자신이 있습니다. 물론 아직 많은 공부와 훈련이 필요합니다. 이런 일은 서두르지 않습니다. 서두른다고 될 일이 아니지요.

오늘 밤, 바람이 차분합니다.

새로운 한주가 시작되었다. 월요일. 날짜와 요일을 누가 만든 것인지 참 대단한 사람들이다. 좀 늦게 일어났다. 깜짝 놀라서 일어났다. 전철은 시간 맞춰서 탈 수가 있었다. 서둘러서 준비하는 것을 별로 좋아하지 않는다. 항상 준비라는 것은 여유롭게 해야 한다고 생각하는 편이기 때문에 모든 준비를 남들보다 서두르는 편이다. 챙겨서 나가야 할 물건도 살피고, 외모도 단정하게 하고, 그러는 것이 좋은 습관이니까, 그래야 내가 살기 편하다. 그런 몸과 마음가짐이 나를 반듯하게 만든다는 것을 잘 알고 있고, 또 그렇게 행동하면서 나는 살아가는 편이다. 내 인생을 내가 책임져야 하는 일들이 점점 자세히 보인다.

오늘 날씨가 굉장히 더웠다. 따뜻한 것이 아니라 더웠다. 반팔에 반바지만 입어도 될 정도였으니까. 여름인가 보다 했다.

오늘 많이 바빴다. 월요일임에도 불구하고 정신없었다. 핫팟(hot pot)이라는 전골 음식이 있다. 해산물, 채소 등등 이런 거 저런 거 육수에 끓여 먹는 음식인데 오늘은 세 번이나 만들었다. 그래도 금방 적응할 것이다. 그렇게 해왔으니까. 식당이 바쁘다 보니 신경이 날카로울 때가 많다. 원래 주방이란 곳이 그런 곳이니까 다 이해하면서 일을 한다. 카페도 바쁜 카페는 생각보다 험한 곳임을 잘 알고 있기 때문에 그런 것은 별문제가 되지 않는다. 난 예전부터 이런 말들을 별로 좋아하지 않는다. '여긴 배울 점이 없다'라든지 '내 가게도 아닌데' 혹은 '내 가게 차리면 더 잘할 거야'.

지금 식당에서 일하고 있는 우리들은 약간 서두르는 편이다. 돈도 벌어야 하고, 인생도 즐겨야 하고, 사고 싶은 거 사야 하고, 먹고 싶은 거 먹어야 하니까. 욕심들이 너무 많아 보인다. '부'와 '명예'와 '권력'은 그렇게 쉽게 얻어지지 않는다. 그런 것들은 노력의 결과다. 피땀 흘려 산다면 당연히 거기에 따른 정당한 보상이 있을 것이다. 거스를 수 없는 삶의 진리가 아닌가.

맞다, 힘들다. 일하기 좋아하는 사람 별로 없다. 어쩔 수 없이 일하는 사람이 더 많다. 머리로는 이런저런 생각을 하지만 막상 실천에 옮기는 사람은 많지 않다. 실천이란 아주 쉽고도 간단한 일이다. 그냥 걸어가는 것과 똑같은 일이다.

하찮은 일도 실천하면 자연히 몸에 익고, 몸에 익히게 되면 머리에 새겨진다. 머리에 새겨지면 그게 곧 그 사람의 인격이 되고, 많은 것들이 바뀌게 된다. 그러한 습관들이 한 사람을 얼마나 바꿀 수 있는지 요즘 나는 많이 느낀다. 아주 간단한 일이다. 한 번 몸을 움직여서 생각대로 일을 해보는 것이다.

민세야, 오늘은 네 긴 일기를 읽고 마음이 홀가분해진다. 네가 그리 열심이니 안 될 것이 없다. 어찌 네가 글쓰기를 시작했는지, 아슬아슬하고 신비롭기만 하다. 글은 자기가 하는 일을 자세히 보게 하고 잘하도록 도와주는 큰 약이다. 보약이지. 10년이 걸린다. 그래야 자기 일이 보이고 자기를 믿게 된다. 자기가 좋아하는 일을 하다 보면 그 세월이 금방이다. 너는 아주 멋진 사람이 되어 있을 것이다.

아빠는 오늘 서산 간다. 자동차 회사란다. 경직된 회사원들에게는 강연하기 힘들다. 강연을 듣는 사람들을 보면 그 회사의 앞날이 보인다. 마음이 열려 있는 집단과 마음이 닫혀 있어 경직되어 있는 집단은 드러난다. 강연을 하면서 나는 사람들의 마음을 들여다보고 두드려보고 들여다본다. 내가 상대방 마음을 들랑거리면 강연이 재미있다. 사람들이 의자에서 엉덩이를 들고 파도가 되어 나를 따라다녀야 한다. 그래야 좋은 강연이라고 할 수 있다. 마음의 문을 걸어 잠그고 있으면 답답해서 진땀이 난다. 받아들일 힘이 새로운 세계를 창조해내는 힘이다. 받아들이지 않으면 낡고 고루해진다.

엄마랑 서해에 가서 서쪽 바다를 보고 오마.

아침에 아빠가

좋은 일

민세야, 어제는 엄마랑 서산에 갔단다. 서산이라는 이름이 예쁘다. 서천이라는 곳도 서쪽에 있는데, 이름이 예쁘다. 아빠랑 강연을 가면 엄마는 그 고을을 돌며 이것저것 구경도 하고 살 것들을 산다. 어제는 가을 꽃게를 샀다.

엄마랑 강연 길을 오고 가며 세상 이야기를 다 한다. 어제는 네가 글을 쓰게 된 게 좋은 일 중에 가장 좋은 일이라고 엄마가 그러더라. 나도 동감이다. 정말 어찌 그리 생각을 하고 일기를 쓰게 되고 글을 쓰게 되었는지, 고맙고 또 고맙다.

오늘부터 시골집 일을 한다. 엄마는 시골집을 짓는다고 좋아한다. 집을 다 지을 때까지 이런저런 걱정이 많겠지만 엄마는 침착하게 일을 잘하니, 괜찮을 것이다.

하루하루가 잘도 간다. 세월은 그리 흐르는 물 같다. 흐르는 물결에 몸을 실으면 강물이 나를 싣고 간다. 그게 인생인 게지. 벌써 10월이다.

아침에 아빠가

추신

깜박했다. 어제 강연은 서산 자동차 공장이었다. 엄마랑 공장을 견학했다. 차 만드는 과정을 보았다. 로봇들이 일을 하는 것을 처음 보았다. 차가 일 분에 한 대씩 나오더라.

엄마랑 강연 시작 전 사장실에서 차를 마셨다. 사장 접견실에 엄마랑 같이 앉아 있으니, 그리 어색하더라고. 그렇게 강연을 많이 갔는데 단 한 번도 엄마는 그 누구와도 만난 적이 없었거든. 그런데 엄마는 자연스럽고 의젓하게 사장실에 앉아 담소를 나누더라. 아주 세련되고 여유있는 부인처럼 공장을 둘러보고 시종 미소를 짓고 시찰(?)도 하고 말이다. 참내, 엄마 웃겼어.

구로동 생각

아빠, 날씨가 아침에는 덥다가 저녁에는 다시 춥네요. 이게 무슨 장난인지, 아침에 반바지 입고 나갔다가 돌아올 때 혼쭐이 났습니다. 내일은 쉬는 날입니다. 머리도 잘라야 하고 염색도 해야 하기 때문에 오후는 그렇게 보낼 것 같습니다.

흰머리를 보고 카노는 '민세 할아버지'라고 놀립니다. 내일이 카노 생일이기 때문에 완식이, 카노, 카노의 새로운 친구까지 해서 저녁을 먹으려고 합니다. 타이 음식점으로 가기로 했습니다. 카노랑 완식이는 밥 먹고 뮤지컬을 보러 간다고 합니다. 둘이 참 잘 놉니다.

아무래도 노트북을 사는 시기를 좀 앞당겨야 할 것 같습니다. 화면이 작아서 쓰다 보면 답답하고 눈이 아플 때가 있습니다. 좀 큰 화면으로 사야겠습니다. 키보드도 작아서 뭔가 어색하기도 합니다.

한국에서 제가 일하던 찻집 개 순남이 동생 순진이가 하늘나라로 갔다고 합니다. 교동 이모랑 누나의 상심이 얼마나 클지 상상하기도 싫습니다. 진민이 형한테도 범이라는 아이한테도 연락이 왔습니다. 순남이가 온종일 짖었다고 합니다. 마음 한쪽이 아려옵니다. 요즘따라 순남이가 굉장히 보고 싶습니다. 같이 산책도 하고 목욕도 시켜주고 했던 기억들이 많이 납니다. 개가 다 그리울 줄이야. 찻집을 생각하면 순남이 생각이 가장 많이 납니다. 외롭고 힘들 때 순남이는 나의 친구였습니다. 출근해서 밖에서 "순남아" 하면 자다가 벌떡 일어나 꼬리 흔들던 모습도. 같이 찻집 바닥에 누워 있던 기억도 눈 올 때 밖에서 눈 맞았던 기억도 납니다. 제가 괴롭혀도 가만히 있던 순남이가 보고 싶습니다.

한국은 또 계절이 바뀌겠지요. 그렇게 한 해도 저물어갑니다. 한 해를 마무리함과 동시에 다시 새로운 해를 맞이할 때가 온 것이지요. 마무리를 잘 해야겠지요. 마무리가 항상 중요한 것이니까. 올 한 해 글도 많이 쓰고 책도 많이 읽었습니다. 와서 자리 잡는다고 몇 주 시간이 좀 걸렸지만, 금방 익숙해졌기 때문에 별 걱정은 하지 않았습니다.

이제 10월입니다. 한국은 햇빛이 좋겠지요. 유독 한국 가을이 그리운 날입니다.

민세 올림

민세야, 날씨가 선선해진다. 옷깃을 여민다.

어제는 서울 구로구 산꼭대기 마을 작은 도서관에 갔단다. 산꼭대기였는데, 집들이 들어선 곳이다. 구로동은 1970년대 80년대 시골에서 올라간 모든 젊은이들이 공장을 다닌 곳이다. 구로동, 생각하면 눈물이 나는 이름이다. 이농 하면 구로동이었고, 공장 하면 구로동이었고, 공장에서 일하는 젊은이들을 공돌이 공순이라 불렀는데 그 말도 구로동이었다. 저곡가 저임금이라는 말도 구로동이었다. 싼 곡식 값과 싼 임금이 산업화의 주인공이었다. 농촌에서 올라간 농부의 아들딸들은 싼 임금을 받았고 그들의 부모님들이 농사지은 농산물도 싼 값이었다. 구로동은 그런 곳이다.

산꼭대기의 도서관 위로 커다란 비행기가 날아가고, 나는 비행기의 배를 보면서 강연을 했단다. 첨단의 디지털 단지로 조성된 구로동 하늘에 우뚝 솟은 빌딩들 위에 떠 있는 노란 조각달, 도시를 지나는 전철 소리와 비행기 소리가 시끄러웠다. 그때 고향을 두고 온 젊은이들이 저 달을 보면서 기차 소리를 들으면서 잠 못 들고 뒤채었을 것이다. 밤잠을 설칠 때가 있었을 것이다.

늦게 자서 늦게 일어났다. 아침 산책은 생략했다. 날씨는 흐리다.

아침에 아빠가

푸른 노래

내가 어디가 아프다고 하면 어머니는
어디가 아프냐고 항상 물어보신다.
그래서 나는 아픔을 참고 괜찮다 웃는다.
항상 어머니는 걱정하신다.
내가 괜찮다 웃으면
어머니는 더욱 걱정하신다.
웃으면 언젠가
좋은 날이 오겠지.
—조정현, 「괜찮아」 전문

  당진에 있는 작은 도서관에 갔단다. 장애인들과 같이 시 공부
를 하고 써봤다. 이 시는 젊은 장애인의 시다. 너무나 아픈데 아
픈 게 일상이다. 너무나 괴로운데 또 그 괴로움이 일상이다. 아픔
이 삶의 전부인 젊은 장애인의 이 시는 게으른 내 일상을 깨워주
었다. 괜찮을 리 없는 이 젊은이의 하루가, 매 순간이, 절절하고

아파서 희망이라는 말이 되어버렸다. 희망은 이런 절망의 동토에서 싹이 돋아나는 인간들의 푸른 노래가 아닐까. 이 평범한 말이 주는 뜻을 당분간이라도 잊지 않으려 한다.

민세야, 안녕!

아침에 아빠가

시를 날리고 깨달은 것들

민세야, 쌀쌀해졌다.

할머니랑 시골집에 갔단다. 천담 가는 길, 차창 밖으로 산과 강을 보던 할머니가 "하따, 산이 참 이쁘다" 하신다. 집에 와서 밥을 먹으면서도 또 "진메 산이 참 이뻐잉~" 하신다.

시골집 옆 창고를 다 헐어버리니 한옥이 도드라져서 예쁘더라. 한옥은 작지만 야무진 데다 위엄이 있어 보였다. 터도 좋고 새로웠어. 새삼스러웠단다.

아빠가 그동안 써놓은 시가 날아가버렸다. 찾을 수 있다고 한다. 순간 아득해졌다. 그런데 그리 아깝지 않다는 생각이 들었어. 기억에 남은 시가 몇 편 안 되더라. 내 기억에 남는 시를 써야 하는데 말이지. 기억에 남는 시, 시를 다시 써야겠다는 생각에 미치자 좋은 경험을 했구나 싶더구나. 버려도 좋은 시가 있다는 생각을 하니 마음이 편해졌다. 시를 쓸 때 온몸과 온 마음을 담은 시를 써야 한다. 절대 버리면 안 되는 시를 써야 한다. 버릇처럼 시를 쓰면 안 된다. 이제 좀 참고 견디며 내 살이 아픈 시를 써야겠다는 생각이다. 너무 시를 우습게 알고 살았다. 뭐든 다 그렇다. 시를 날려버리고, 내 일상을 무섭게 반성했단다.

문을 꼭 닫고 잤다. 며칠간 엄마가 진짜 시골집 일로 애썼다. 엄마는 좋은 사람이다. 우린 엄마를 잘 만났어.

할머니 말마따나 올가을 날이 정말 잘한다. 햇살이 산야에 가득하다. 바람도 좋다. 곡식들이 잘 여물 것이다. 풀씨들도 우리들의 삶도 저 가을 햇살과 바람같이 더도 덜도 아닌 넘치지도 모자라지도 않아야 하는데 인간들의 삶은 늘 넘치고 모자란다.

민세야, 안녕! 또 보자.

아침에 아빠가

143

찬란을 찾아내기를

민세야, 정말 날씨가 잘한다.

남지도 모자라지도 않는 것 같은 우리나라 가을날이다. 벼들이 샛노랗다. 그 옆에 구절초 하얀 꽃들이 바랠 정도로 햇살이 해맑다. 몸도 마음도 쓸데없는 물기를 말린다. 그 무엇에도 의지하지 않고 서 있는 풀들이 바람을 탄다.

할머니는 잘 계시다가 가셨다. 집보다 병원을 좋아하시는 무심한 것 같은 마음이 때로 우리 마음을 시리게 한다. 수를 놓다가 가만히 누워 있는 모습이 잔잔하고 고요하다 못해 적막해 보일 때가 있다. 삶이, 세월이 그런 것이겠거니 한다.

시골집은 터를 고르는 중에 놀랍게도 넷이 앉아 놀 수 있을 정도의 넓적한 바위가 하나 나타났단다. 터가 의외로 넓고 좋다. 아늑하다. 기와집 뒤 터도 좋고 샘이 있는 집터도 좋다. 어쩐지 푸근한 게 마음이 잔잔해진다.

민세야, 네가 열심히 사는 모습이 좋다. 아주 좋아. 동요와 방황과 절망이야 삶의 기본이다. 그러나 그런 것들에게 무릎을 꿇으면 안 된다. 긍정과 긍지의 힘으로 다듬어진 사람은 그가 설 땅도 스스로 다진다. 그 땅에 뿌리를 내려야 삭풍을 이겨낸다.

늘 아버지가 강가에 심어 놓은 나무를 생각하거라. 스스로 하나씩 무엇인가를 깨달아가고 마음속에 숨은 찬란을 찾아내는 일은 삶을 풍요롭게 한단다. 공부를 하는 사람만이 느낄 수 있는 자유의 감정이지. 세상의 구석구석을 꽉 채우고 있는 저 가을 들녘의 햇살처럼 말이다.

민세야, 너는 다르다. 우리가 다르지 않느냐. 진실과 정직과 진심은 두려움과 부러움을 없애준다. 인생의 가장 큰 힘이지. 허례와 허식을 싫어하는 아빠도 민세도 엄마도 우리 가족의 고유함을 잘 가꾸어가야 해.

민세야, 오늘도 힘내라. 늘 새로운 힘이 솟길.

쌀쌀한 아침에 아빠가

문득 삶이 낯설어야 새로 태어난다

민세야, 어제는 혼자 동탄에 갔다 왔단다. 혼자가 좋을 때가 있다. 호젓해서 자유로울 때가 있다. 옛날 혼자 걸어 학교에 오갈 때, 때로 깊은 상념에 빠져 어떻게 집에 왔는지 모를 때가 있었다. 문득 내가 걸어온 길을 돌아보면 내가 지금 어디를 걸어왔는가 싶어 세상의 모든 풍경들도 나도 낯설 때가 있었다. 내 삶이 이렇듯 어느 날 문득 낯설어야 새로 태어난다는 것을 알았다.

오늘은 구담 마을로 사람들을 만나러 간다. 구담 마을로 가는 길이 지금 좋을 때다.

민세야, 나는 요즘 가을을 만끽하고 있다. 이 가을이 지나고 겨울이 오면 내리는 눈을 받아 덮고 엎디어 좋은 시를 썼으면 좋겠다.

민세, 안녕!

한글날 아침에 아빠가

의젓하시고 고요하시고

민세야, 앞 강에 커다란 파문이 일었다. 파문은 강기슭까지 가 닿는다. 물고기가 풀쩍 뛰어올랐기 때문이다. 누치라는 고기다.

시골집 터를 다 다듬었다. 네가 보면 놀랄 것이다. 땅이 좁아 조금 옹색하기는 하지만 아늑해졌다. 곧 집이 올라갈 것이다. 할머니도 보고 좋아하신다.

〈인간극장〉 촬영은 어제 쫑파티를 했다. 오늘 하루만 잠깐 찍으면 된단다.

할머니가 어제 아빠 강연하는 구담에 같이 가셨다. 단풍 물든 커다란 느티나무 숲 아래 많은 사람들이 모였는데, 그 속에 할머니가 엄마랑 하얗게 앉아 계셨다. 아주 흐뭇해 하시면서 말이다. 내가 강연하는 것을 처음 관람(?)하셨다. 아주 좋아하셨어. 아주 의젓하시고 고요하시고 그러면서도 하실 말 다 하신다. 집에 와서 "너는 말도 잘하더라~" 하셨다.

아침에 아빠가

추신

어제는 나도 술을 많이 마셨다. 내가 늦은 나이에 이러면 안 되는데, 하면서 마셨다. 술 때문에 머리가 떵하고 배 속이 이상하고 그리고 아침이 상당히 고단하다. 이렇게 힘들어하면서 사람들이 술을 마시는구나, 했다. 참 이상한 일들을 반복하며 산다.

할머니와 엄마

민세야, 어제 구미에서 '중딩'들이 있는 두 학교를 갔단다. 한 학교는 아주 기분 좋았고 한 학교는 아주 찜찜했다. 말을 잘 듣고 신나 하는 학교는 교장선생이 다르다. 어쩌면 그렇게 아이들과 교장선생이 닮아 있는지, 학교에 갈 때마다 신비롭기까지 하다.

교장 집무실을 보면 단박에 그 학교와 아이들을 알 수 있다. 집무실을 으리으리하게 해놓은 학교 교장선생일수록 영혼 없는 소리를 한다. 진심이 빠진 형식적인 교육 이론은 하품 나지. 어쩌면 그렇게 몇십 년을 똑같이 지루하고 고루하게 아이들에 대한 사랑 이야기를 하는지, 평생 교육애로 살아왔다는 이야기를 하는지, 그런 학교 아이들일수록 힘들다. 아무런 말도 통하지 않고 아예 들으려고도 하지 않는 아이들 앞에 서면 막막하고 겁나고 무섭다. 어떻게 해서 아이들의 정신이 저런 지경까지 이르렀는지, 어른들의 죄다. 저 쑥대밭 같은 아이들의 메말라버린 풍경을 보고 있으면 눈물이 난다. 버석버석하게 마른 늦가을 풀밭에 앉아 있는 느낌이다. 아이들의 마음이 황량하고 폐허 같다. 교장과 교사들도 아이들 둘레 의자에 앉아 문자를 하는지 아예 강연을 들으려 하지 않는다. 강연자는 관심도 없는 아이들 앞에서 허공을 향해 말한다. 이 캄캄한 세상이 어찌 도래했는지 정말 알다가도 모르겠다. 반성과 각성이 사라진 현장은 무섭고 해석이 자리 잡지 못한 현실은 막막을 넘어 공포에 이르렀다. 핏기 없는 직장인이 되어버린 교사들의 안일과 무책임과 평계는 선을 넘고 도를 넘어버렸다. 이 막막한 마음을 어떻게 표현해야 할지 모르겠다.

엄마는 촬영이 다 끝나 좋아한다. 엄마는 큰 경험을 했을 것이다. 할머니가 참 고맙다. 할머니는 대단한 분이시다. 엄마와 할머니의 이 끈끈한 연대감은 아마 오래오래 우리의 가슴에 숨 쉬고 있을 것이다. 올가을이 우리에게 아름다운 이유는 엄마와 할머니의 끈끈한 우정과 인간다움의 이해가 조화를 이루어내는 모습이 있었기 때문이다. 오랜 세월 둘은 생을 잘 가꾸어왔다. 둘은 아마 서로에게 여한이 없을 것이다. 싸우면서 고치고 바꾸면서 맞추고 둘은 살았을 것이다. 나는 엄마와 할머니 밖에 있었다.

민세야, 한 인간의 생이 얼마나 깊은 슬픔과 기쁨과 행복과 갈망과 절망 속에서 희로애락의 소용돌이를 일으키며 흘러가는지 너는 알 것이다. 할머니와 엄마는 그런 삶을 살았을 것이다. 강물은 흐르면서 얼마나 깊이 땅을 파고 또 굽이치고 또 부서지느냐. 그리고 또 숨이 가쁘게 끝이 없이 멀리 흘러가느냐. 오늘 나는 그 생의 한 굽이에 앉아 가을 편지를 너에게 썼다.

산천은 그지없이 아름답구나.

민세야, 안녕!

아침에 아빠가

소녀

　민세야, 네게 편지를 쓰고 네 방에 가서 누워 시골집 짓는 일을 생각하니 문득 마음이 환해지고 좋아졌다. 어둔 산길에서 등불을 든 사람을 만난 느낌이다. 네가 있어서, 네가 내 아들이라는 게 그렇게 좋았다. 아주 기분이 좋아졌어.

　민세야, 뒤꼍에 감나무가 있고, 샘이 집 가운데 있는 집이 지어진다. 나는 그 집에서 새로운 인생을 시작할 것이다. 샘을 보면서 살 것이다.

　'한 사람의 교사가 세상을 바꾸고 한 권의 책이 세상을 바꾸고 펜 한 자루가 세상을 바꾼다.' 올해 노벨평화상을 탄 한 소녀의 말이란다. 이 아름다운 말이 주는 울림이 나를 설레게 한다.

　민세야, 집 지을 땅이 잘 다듬어진다. 엄마는 공사 현장 소장 같다. 밀짚모자 쓰고 동분서주하는 모습이 눈이 부실 지경이다. 집은 한번 지으면 다시 고치지 못한다는 것을 엄마는 아는 모양이다. 최선을 다한다. 커다란 돌이 세 개 나왔다. 지난번에 나온 돌보다 새로 나온 두 개의 돌은 더 넓고 모양도 좋다. 요긴하게 쓸 것이다. 엄마는 또 현장에 간다. 할머니는 티브이 다 찍고 조용하다.

　민세야, 또 보자.

새벽에 아빠가

맥주 한잔

아빠, 바람 부는 일요일입니다. 느지막하게 일어나서 빨래하고 지금 커피 한 잔 들고 베란다에 앉아 있습니다. 일요일은 무척이나 여유롭습니다. 오후에는 같이 일하는 형이 집에서 고기 구워 먹자고 해서 고기를 먹으러 갑니다. 일요일마다 고기를 먹는 것 같습니다. 어제는 밖에서 맥주 한잔씩 하고 집에 들어왔지요. 일 끝나고 먹는 맥주 한잔은 한국이나 여기나 똑같이 그 맛이 최고지요. 아주 기분 좋은 일입니다.

시골집이 기대가 됩니다. 내년에 갔을 때 어떤 모습일지 아직 상상이 가질 않습니다. 엄마는 이제 더 바빠지겠네요.

오늘 바람이 엄청나게 불고 있습니다.

민세 올림

민세야, 뽀시락뽀시락 가을비 온다. 풀벌레 소리가 젖는다. 가을 빗소리는 유독 뽀시락거린다. 마른 나뭇잎과 마른 풀잎 위에 내리는 비는 잦아드는 그들의 목숨을 불러오지 못한다. 다만 소리가 날 뿐이다. 이 비 그치면 가을이 더 깊어질 것이고 깊은 곳에 숨은 가을빛을 찾아낸 풀과 나무들의 빛은 더 찬란할 것이다. 그 빛 속에서 겨울 냄새를 맡는다.

어제는 고양시에 갔다. 고속버스를 타고 갔다. 책을 보다가 잠이 들고 잠에서 깨어 바라본 가을 산천이 곱기도 하였다. 책 콘서트장은 도시의 거리 한복판이었다. 행사는 안이한 무개념의 행태를 그대로 보여주었다. 인파로 북적거리고 소음으로 가득 찬 도시의 거리에서 이 무슨 일인가. 강연이 될 리 없다. 강연장을 확인했어야 하는데, 깜박했다. 생각도 고민도 없는 저 고루한 행태가 이 나라 공무의 현실이고 현장이다. 벼락을 때려도 놀라지 않고 절대 불변이다. 자면서 집으로 왔다.

엄마는 집 때문에 고민이 크다. 잠 못 잔다. 집이 잘 지어지면 다 엄마 덕이다. 빗소리가 잦아든다. 누가 빗소리를 잡아가는 것 같구나.

아빠가

뿌리 생각

　민세야, 집 안에 있던 나무 두 그루를 옮겼다. 우리 시골집하고 잘 어울리지 않은 나무여서, 오래 정들었지만 이번 기회에 필요한 곳으로 보내기로 했다. 차에 실려 가니 여러 생각이 드는구나.

　뜻밖이지만, 이 단풍나무가 명동성당으로 간다니 안심이 되기도 한다. 작은 마을에서 몇십 년을 뿌리내리고 자란 나무가 낯선 서울 명동 한복판에 가서 잘 적응했으면 좋겠다. 뿌리가 뽑히고, 차에 실리고, 집을 벗어나고, 마을을 벗어나는 나무를 오래 바라보았다. 옛날 동네 사람들이 이삿짐을 싣고 동구를 떠나는 차를 나는 오래 바라보고 서 있곤 했었다.

　엄마는 어젯밤도 집 때문에 끙끙거린다. 나는 골치 아파 못 본다. 다 지은 집을 선택해서 편하게 들어가 사는 아파트를 다시 생각했다. 시골에 가서 살면 고립에서 벗어나 개방의 불편함을 다시 겪어내야 한다. 힘든 일이다. 개인이든 이웃이든 사회든 국가든 마찰은 끝이 없다. 엄마 뜻대로 집이 잘 지어졌으면 좋겠고 우리 민세가 하는 일이 마음같이 잘 되었으면 정말 좋겠다.

어제는 오랜만에 시골 동네 집들을 둘러보았다. 우리 집이 너무 좋게 지어지는 것도 고민이다. 내 처신이 옳은지, 늘 따지면서 살아야 할 것 같구나.

민세야, 안녕!

추워진 아침에 아빠가

엄마의 집 짓기

민세야, 엄마는 날마다 거의 전장터에 있는 것 같다. 꿍수와 꼼수 그리고 암수가 수시로 바뀌는 전술과 전략 속에서 엄마는 고군분투한다. 군청, 설계자, 현장 소장, 건축 시행사 사장 틈에서 그들이 벌이는 알 수 없는 어두운 복선 속에서 속내를 가늠하고 가리고 찾아 차단한다. 자기 생각과 고집을 절대 꺾지 않는 엄마의 대찬 마음은 그야말로 곳곳에서 빛이 난다. 엄마의 집에 대한 믿음은 불굴의 투쟁으로 이어진다. 엄마는 이 나라에서 한 채의 집이 지어지기까지 그 모든 암암리를 알고 있는 듯하다. 집을 짓는 이들은 어떻게 하면 집을 잘 지어 사는 사람을 편안하게 할까가 아니라 어떻게 하면 손쉽고 편하게 자기 방식대로 곳곳에서 예산을 절감해 챙길까를 고심한다. 이게 우리의 현실이다.

엄마는 용감하다. 엄마의 야무진 마음, 절대 포기를 모르는 군센 의지 위에 집은 지어진다. 엄마에게 힘을 그리고 격려를. 아빠는 후방 지원한다.

아빠는 물렁하잖니. 그러나 이번만은 쉽게 물러서지 않을 것이다. 엄마의 생각과 내 뜻이 일치하고 또 그래야 옳고 바르기 때문에, 엄마의 뜻을 끝까지 관철시킬 각오가 되어 있다. 이 극단의 아수라장 속에서 엄마는 그 일을 신나게 해결해나간다. 불굴의 그 힘이 어디서 나올까. 아름답다.

비 뿌리고 추워진단다. 으스스하면 아침마다 따뜻한 물을 마신다. 그러면 감기가 못 온대.

민세, 안녕.

엄마의 후방 지원군 아빠가

관철

아빠, 지금은 전철을 기다리는 중입니다. 저 말고도 지금 각자 집을 나서서 이곳 역에 모여 있는 사람들이 많지요.

집 짓는 이야기는 아주 재미있습니다. 흥미로워요. 사람들이 대개 그렇지요. 무엇이든 쉽게 가려고 하고 오늘만 대충 넘기려고 하지요. 집을 대충 지어서는 절대 안 되기 때문에 엄마가 고군분투하는 것도 당연합니다.

그래도 엄마 아빠는 슬기로운 사람들이기 때문에 잘 해결해 나갈 것이라고 생각합니다. 전 이제 일하러 갑니다. 일하기 전 커피 한잔 마시려고 합니다.

민세 올림

민세야, 오늘 더 춥댄다.

아빠는 10시에 경남 진영에 가서 초등학교 엄마들 만나고 3시에 시골에 가서 중학생들 만난다. 혼자 운전하다 보면 너무 빨리 달린다. 집에 와서 자다가 후회한다. 오늘은 천천히 달려야지 하면서 또 과속한다. 내가 나를 생각하자면 다짐하고 어기는 일이 한두 가지가 아니다. 진짜 오늘은 과속 않겠다.

엄마는 얼굴이 까맣게 타간다. 의지의 관철은 힘들다. 관철은 땅을 파고 고르는 일이다. 힘든 과정 속에서도 집은 우리들의 생각대로 지어지기가 힘들 것이다. 그러나 있는 힘을 다한다. 그렇게 집의 모양은 나타날 것이다. 우리 모두의 집이 될 테니까. 엄마는 절대 물러서거나 포기하지 않을 태세다. 나는 요새 엄마 앞에서 초긴장한다.

그리고 엄마는 지금 쿨쿨 잘도 잔다. 아마, 꿈에서도 그 돌 그리 옮기면 안 된다고 지시할걸. 지금은 코를 골고 있지만.

안녕!

아빠가

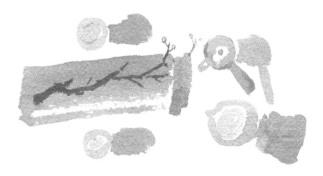

고요를 보고 살다

민세야, 네가 불을 지르며 놀던 강변 억새가 올해는 더 무성하다. 가을이 무르익었어. 깊어졌어. 앞산에 감들이 붉다. 해가 지면 바람도 자고, 맑은 강물이 산 빛으로 붉다. 바람이 없는 앞산과 강 같은 평화를 아빠는 좋아했지. 고요가 좋아.

고요한 산 아래 강가를 따라 걸으면 어딘가로 자꾸 흘러가는 물소리가 들린다. 그러면 여기가 어딘지 꿈만 같을 때가 있다. 모든 경계가 지워지고 풀과 나무들이, 논과 밭들이, 강물같이 움직이는 사람들이 모두 하나가 되어 흘러가는 느낌이 든다. 집을 지어 나는 그런 평화를 얻고 싶단다. 너랑 엄마랑 민해랑 그리고 네 아들딸들이 태어나면 그 아이들과 그렇게 천천히 강물을 따라 걷고 싶어. 우리는 강물이 무엇을 하는지를 잘 알고 있으니까.

자연이 말하는 것을 나는 충실히 받아쓰며 살고 싶단다. 네가 태어나 강물 소리를 들으며 자란 곳에서 말이다. 우리는 몸과 마음을 열어 내 안에 들어온 잡다한 것들을 다 몰아내고 풀과 나무와 작은 벌레들이 내 안팎으로 넘나들게 할 줄 아는 고요를 보고 살았잖아.

　잠시였지만 어제는 세상의 모든 것들을 외면하고 돌아앉아 강물을 바라보았다. 바람은 떠나고 강물이 내 안으로 들어와 흘러갔다. 그 강가에 억새가 하얗게 서서 조용했다. 삶이 저와 같다. 세상에 무슨 일이 또 있겠니?

　민세야, 또 보자.

아침에 아빠가

진심을 담은 집

민세야, 나라가 지은 집을 보면서 나는 우리 사회 현장의 숨결을 있는 그대로 느낀다. 시궁창이 따로 없다. 그 위에 우리들의 역사는 지어졌고 이어진다. 김수영의 거대한 뿌리를 생각한다. 너무나 민낯이어서 말을 할 수가 없다. 우리 사회가 겪어내야 하고 앞으로도 겪어야 하는 이 적폐들 앞에 나는 이상하게 힘이 불끈 솟는다. 드디어 우리 사회를 우리의 정신을 갉아먹는 모든 적(?)들이 적나라한 얼굴을 드러내고 내 얼굴 가까이 들이민 것이다. 보아라, 이게 우리나라다, 하면서 말이다.

지금까지는 엄마가 잘 지켜왔다. 우리가 얼마나 건축에 관심을 가져왔고 또 얼마나 중요하게 생각하는지, 결국 집을 완성하는 것이 무엇인지 우리 식구들은 알고 있다. 새로 짓는 집은 우리 집이 아니다. 시의 집이다. 나는 그렇게 집을 짓는 데 온 힘을 다 발휘할 것이다. 시를 쓰듯 집을 지을 것이다. 군청도 설계사도 감리도 건축을 하는 사장도 그리고 동네 사람들에게도 다 이 집이 시의 집임을 보여주어야 한다. 집은 마음을 담는 일이다. 한 사람의 집은 그가 살아온 과거이고 살고 있는 현실이고 살아갈 미래가 담겨져 있다. 집은 진심이다. 집은 철학이고 예술이며 시이고 그림이다. 집은 가장 큰 힘을 발휘하는 책이다. 가장 강력한 교육 현장이다. 있는 힘을 다해 그렇게 짓도록 할 것이다.

모든 일들이 내가 원하는 대로 되지 않는다는 것도 다 안다. 비리와 부정과 부패와, 그 적폐들까지 껴안고 집을 지으려 한다. 절대 힘들다고 생각하지 않겠다. 끝까지 설득하고 달래가며 시의 집을 지어보겠다.

오늘은 시골 간다. 집에 수도 없이 많은 사람들이 오간다. 온 사람마다 집 짓기에 대한 자기 생각을 쏟고 간다. 그 생각들이 앞산보다 높구나.

해가 떠서 질 때까지 강변은 또 얼마나 소란스러운지. 놀라울 정도로 강변과 마을이 가을답게 찬란한 빛들을 찾아 뽐낸다. 가을은 발광하는 빛의 계절이다. 어둠을 밀어내는 아침 햇살과 오늘의 바람과 흘러가는 강물 그리고 산과 논과 밭과 사람들의 소란과 적막 그리고 또다시 아침, 이게 마을의 이해다. 그곳, 그것들과 어울리고 알맞은 집을 지을 것이다.

민세, 안녕!

아침에 아빠가

아빠, 일 끝나고 배고파서 화수랑 재평이랑 맥도널드에서 햄버거 하나씩 사서 먹었습니다. 햄버거는 왜 그렇게 맛있는지, 먹을 때마다 맛이 다릅니다. 자주 먹지 않으니 걱정은 안 해도 됩니다.

아빠 편지를 읽고 저도 밖에 잠시 서 있었습니다. 몸을 스치는 공기가 그렇게 따뜻한 것만은 아니었습니다. 오늘은 오후에 출근하는 날이어서 느지막이 일어나 집을 나섰지요. 아직 좀 추웠습니다. 주말에는 여름 같다가 월요일부터는 바람도 차가워지고 햇빛도 없어지고 이상한 나라입니다.

우리나라 건축이란 게, 원래 '빨리빨리' '최대한 싸게' '최대한 내가(집에서 살 사람이 아니라 짓고 있는 사람) 편하게'입니다. 그래서 발생하는 문제들이 많지요. 스페인 바르셀로나에 있는 가우디의 '사그라다파밀리아 성당'만 보더라도 100년이 넘었는데 아직까지도 완공이 되지 않았지요. '조화'를 생각해야 하고 '주변'을 다시 한 번 생각해야 하고 '사람'을 다시 한 번 생각해야 하는 것이 건축이지요. 어느 순간부터 한국 '집'들은 나 잘난 맛만 자랑하며 그냥 지어지지요.

우리 시골집 공사에 엄마 아빠가 왜 그렇게 온 힘을 다하는지는 잘 알고 있습니다. 중요하지요, 그보다 더 중요할 일은 없지요. 한번 지으면 오래 지속되고 늘 새롭게 보이는 집이 좋은 집이니까요. 그 집이 우리들의 얼굴이 되니까요. 엄마와 아빠의 삶이 다 담기니까요. 가장 중요한 게 시골 풍경과 그 집의 조화니까요. 견디기 힘든 난관에 부딪히게 될 것입니다. 그래도 상처받지 않고 집이 잘 지어졌으면 합니다.

오늘 저녁은 그래도 바람은 불지 않습니다.

민세 올림

자기 감동

민세야, 오늘 나는 북한 사진들을 보았구나. 북한 어린이들의 모습이다. 어른은 선생님인가 봐. 학교 운동장에 흙을 까나? 아니면 질척거리는 길에 흙을 까나? 씩씩하게 결의에 찬 얼굴들이다. 목적이 뚜렷해 보여. 일하기 전에 뭔가 교육이 잘된 듯해. 내 생각인가? 귀엽지. 어린이들은 어떻게 해도 어린이들이야. 감출 수 없어. 발걸음 좀 봐. 보무도 당당해. 집을 짓고 있는 현장 속의 어머니 얼굴이 아마 저 얼굴일 거야. 모내기를 한 지 얼마 안 되었나 봐. 논에 물이 보여.

오늘은 아빠 쉰다. 시골에 갈 거야. 엄마는 집에 묻혀버린 샘물을 찾아 놓고 감동한다. 관철은 자기 철학 위에 이루어진 굳은 결심이 현실로 나타나는 것이다. 샘은 엄마의 희망이 되어 현실이 되었다. 우리 가족들과 큰집 작은집 가족들이 오래오래 먹고 산 샘이다. 그 샘이 집에 묻히는 것을 몹시 속상해 했다. 엄마 생각의 관철이 너무 확고해 위태로울 때도 있어. 그래도 엄마가 옳고, 일을 또 그리해야 하니까 일꾼들이 엄마 뜻을 잘 따른다. 왜 저

러지 하다가도 일을 해놓고 나면 엄마가 한 일이 옳고 바르고 보기 좋으니까. 엄마는 자연을 읽는 공부가 되어 있어. 일꾼들이 거참, 거참 하면서도 좋아들 한다. 신나나 봐. 자기 감동이 중요하지. 모두 공감한다.

안녕, 민세.

아침에 아빠가

샘물 소리

민세야, 어제는 시골에서 하루를 보냈단다. 엄마는 샘을 서른 번도 더 가서 보고 나를 부른다. 샘에서 떨어지는 물소리가 작게 들린다. 물이 끊임없이 흘러나온다. 나도 신비롭다. 엄마는 아마 샘의 발견을 최고의 자기 작품으로 생각할 것이다. 새 집터에서 옛날 샘을 묻고 묻힌 샘 옆에 앉아 있을 때 어디선가 들리던 졸졸졸 물소리를 잊을 수 없을 것이다. 그 물소리를 찾았으니까. 너무 좋아한다.

집 뒤꼍에 감이 붉다. 예쁘다. 우리 명의의 집은 아니지만 엄마는 집 짓는 일에 최선을 다한다. 기대가 된다. 마을의 작은 논과 밭 그리고 산과 강, 좁은 집터와 감나무와 작은 돌들, 할머니의 삶과 나의 시, 우리 식구와 동네가 잘 어울리는 집이 될 것 같다. 우린 그런 기대를 한다. 집은 자기 것이 아니고, 그곳의 자연과 사람들의 것이다. 스며드는 겸손과 편안함과 자유로운 실내가 어우러진 자연이어야 한다. 그 집에 나무가 보이고 강물이 보이고 새가 나는 것이 보이고 별과 달이 보이고 바람이 보이고 빗줄기가 보여야 한다. 눈이 샘물 속으로 하염없이 내려야 한다.

엄마는 얼굴이 붉게 탔다. 자연을 거스르지 않으려는 엄마의 집 짓는 일이 자기도 모르게 자연에 가까이 다가가게 하는 모양이다.

집을 지을 기초가 다 다듬어졌다. 이제 골조를 올리면 된다. 엄마가 불철주야 고심에 고심을 거듭하고 현장에서 일꾼들과 설계자와 감리사와 사장과 소장과 포글레인 기사들과 있는 힘을 다쏟은 결과 집터는 만족하게 다듬어졌다. 엄마의 억척과 융통성과 집에 대한 기본적인 이해와 포기할 줄 모르는 자기 긍정의 힘이 작용한 집터다. 아빠도 민해도 만족한다. 외부에서 돌멩이 하나 안 들여오고 집터가 다 되었으니, 이제 거기에 걸맞은 집이 올라갔으면 한다. 엄마는 아마 집이 다 될 내년 봄까지 집에 매달려 살 것이다. 엄마는 이제 집 설계에 들어섰다. 집의 모양과 높이 그리고 창문의 크기와 방향, 창문을 통해 마을의 무엇이 보일 것인지를 검토하기 시작했다. 엄마는 힘이 세다.

민세가 와서 시골집 터 다듬은 것을 보면 아마 깜짝 놀랄 것이다. 엄마의 작품이다.

아빠는 오늘 서울 간다. 책 콘서트가 있다. 책 읽는 행사는 많은데, 책들은 안 본다. 행사 때문이 아닐까?

아침에 아빠가

해가 지면 집으로 가자

아빠, 어제 상용이가 〈인간극장〉을 보내주어서 화수랑 같이 봤습니다. 너무나도 반갑더군요. 할머니도 민해도 아빠도 엄마도 시골집도 전주 집도. 모든 것들이 반가웠습니다. 엄마는 가끔 술 마시면 자신이 많이 먹었다고 하지요. 몸도 피곤한 데다가 오랜만에 술 마시면 한 잔을 먹어도 취기는 바로 올라오지요.

여기는 이제 봄입니다. 가게 앞에 있는 나무들이 녹색 잎을 가지게 되었지요. 계절의 변화란 것이 참으로 반가운 일입니다. 이제 출근합니다. 가끔 이렇게 휴대폰으로 쓰는 것도 나쁘지 않습니다.

달리는 호주 전철 안에서 민세 올림

177

민세야, 어제는 밤늦게 서강대 대학원생들에게 강연했다.

우린 얼마나 공부를 해야 하는가? 우린 얼마나 잘 살아야 하는가? 아는 것은 결국 잘 살자는 것인데, 잘 사는 것은 무엇일까? 행복하자는 것 아닐까? 공부를 많이 하면 사람이 정말 행복할 수 있을까? 어떻게 사람이 늘 행복할 수만 있을까? 슬플 때도 있고 기쁠 때도 있고 괴로울 때도 있지? 이렇게 계속 물어가다가 보면, 결국은 인류의 보편 가치인 공동체라는 말이 따라 나온다. 공동체의 기본인 가정이야말로 우리가 추구해야 할 가치의 기본이고 기초라는 생각을 했다. 부부가 밥상에 앉아 있는 그 따사롭고 아름다운 그 가치 말이다.

해 뜨면 일어나고 해 지면 집으로 가야 한다. 식구들이 둘러앉아 밥을 같이 먹는 일이 그 얼마나 아름다운 일인지 그걸 잊어버렸다. 해 지면 집으로 안 가고 학원으로 가던 아이들이 직장인이 되면 또 그렇게 해가 져도 집으로 가지 않고 일을 한다. 이 무슨 일인지 모르겠다. 저녁이 없으니, 가족이 있을 리 없다. 다 각자도생이다.

충청도까지는 비가 오고 그 위로는 비가 안 왔다. 차가 밀려 삼십 분 늦게 강연을 시작했다. 여태껏 단 한 번도 그런 일이 내게 없었다. 난 항상 한 시간 앞서 강연장 부근에서 서성이며 놀지. 그래야 안심이 되는데, 차가 밀려도 너무 밀렸다. 오면서 깊이 잤다.

전주 오니, 비가 오더라. 늦은 밤 이슬비가 왔다.

어제 민세 짧은 편지 반가웠다. 정감이 있어 깊고 그윽해진다.

와! 한 달이 가고 새 달이 왔구나.

11월아, 반갑고 고맙다. 잘 지내자.

아빠가

행복을 아는 사람

이 밤 달이 너무 이쁩니다.
달이 너무 예뻐서 설렙니다.
난 잠을 이루지 못합니다.

11월 첫째 날 민세 올림

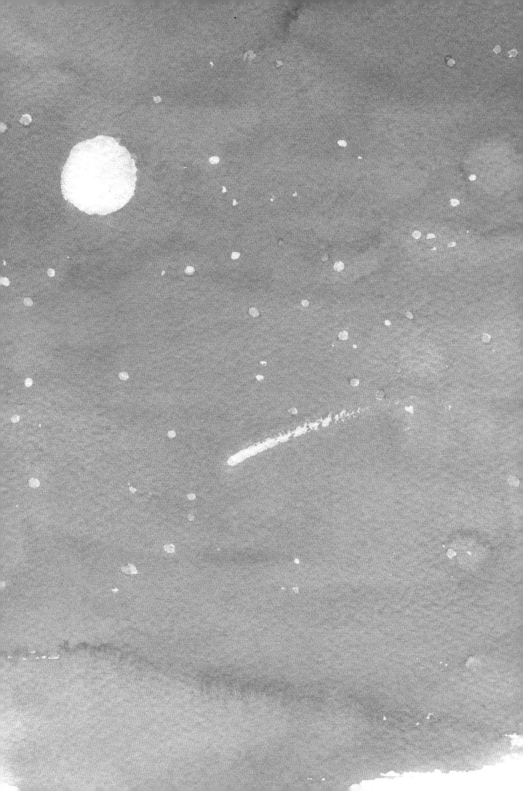

민세야, 달 때문에 잠 못 들다니 달이 가져다준 생각들 때문에 잠들지 못하는 사람은 시인이다. 잠 못 드는 그 뒤척임 소리를 달이 들을 것이다. 달은 그 마음들을 가져다가 저렇게 빛을 낼 것이다. 얼마나 많은 사람들이 달을 쳐다보겠니? 얼마나 많은 사람들이 그 달빛 때문에 괴롭고 그립고 외로운 마음으로 사랑을 쓰겠니?

　아빠는 그 달빛 때문에, 밤에 우는 새소리 때문에, 강변에 새로 핀 달빛 아래 토끼풀 꽃과 자운영 꽃 때문에, 밤바람 불 때 앞산 마른 참나무 잎 부딪치는 소리 때문에, 문득 들리던 물소리 때문에, 문밖에 눈 내리는 소리 때문에, 몸 둘 바를 마음 둘 바를 모를 때가 있었다. 그때 아빠가 시를 썼겠지.

　민세야, 너는 세상을 사랑하는 마음을 얻을 것이다. 달빛이 파고들 수 있는 마음이 있는 사람은 행복한 사람이다. 행복을 안다. 오늘은 네가 달빛 위에 잠들겠구나. 달이 너를 네가 원하는 곳에 실어다 줄 것이다.

　민세는 시인이다. 달빛을 보고 잠 못 들 때가 가장 정결하고 순수할 때다. 깊은 산속에 있는 작은 옹달샘 같은 순결을 가진 청춘이다. 지금 시절을 잘 기억하거라. 달빛 아래 드러난 네 모든 추억과 기억 그리고 그 풍경들을 사랑하거라. 지금은 달이 너를 들여다보고 있겠구나.

아빠가

니체의 말

어제는 온종일 집에 있었단다. 나도 엄마도 집에서 놀았다. 오
랜만에 함께 놀았다.

비가 오고 있었다. 텔레비전도 보고, 영화도 보고, 잠도 잤다.
모두 쉬었다. 비도 쉬면서 내렸다. 국수를 먹었다. 비빔국수랑 물
국수를 먹었다. 엄마가 그렇게 만들어주었다. 엄마는 음식을 만
들 때 보면 집중한다. 어떤 일에 집중된 사람의 모습은 경건하고
위엄이 있다.

나는 너무 많이 먹는다. 며칠 전부터 참아가며 먹는다. 잘 안
된다. 나는 '개콘'을 다 보지 못하고 또 자고 말았다.

오늘은 춥다고 한다. 시골에 아이들이 온다고 했는데, 걱정이다.

니체라는 철학자가 그랬단다. 남의 말을 잘 들어주고 남에게 친
절한 게 정의라고 그리고 그게 진보라고 했지. 정말 맞는 말이다.

민세, 안녕!

아침에 아빠가

꼭 무슨 수가 생긴다

어제는 시골집 진행 문제 때문에 사장을 만났단다. 일이 잘 풀렸다. 맺히면 푸는 게 삶이다. 할머니 말마따나 살다 보면 무슨 수가 생긴다.

강연 가기 전에 엄마랑 집 지을 벽돌을 보러 갔다. 집을 모두 붉은 고벽돌로 하기로 했다. 생각할 때와 실제로 짓고 보면 다르겠지만, 그래도 고벽돌이 좋을 것 같구나. 집이 빨리 진행될 것 같다. 집을 빨리 지었으면 좋겠다. 집에 대해 엄마가 더 이상 맘고생 안 했으면 좋겠다.

오늘은 경기도 쪽으로 강연 간다. 들판이 횅하게 비었다. 서리가 내리고, 늦가을 끝에 초겨울 냄새가 묻어난다.

민세, 안녕.

아빠가

눈빛

민세야, 어제는 남양주에 있는 고등학교에 강연을 갔단다. 아이들이 좋아했다. 친절하고 다정하고 따뜻한 눈빛들이 모여 나를 바라보고 있었어. 호기심 가득한 눈빛들이 모여 있으면 아름답다. 그러면 강연이 잘된다. 아이들의 그 초롱초롱하게 젖은 눈빛들을 잊을 수 없다. 밥도 학교 급식으로 먹었다. 닭튀김이 맛있었다. 닭 먹다가 네 생각이 나서 혼자 웃었다. 너는 거기서 닭을 어떻게 먹니?

아이들에게 강연을 가면 늘 '우리가 지금 이 아이들에게 무슨 짓들을 하고 있는가'를 생각한다. 가슴이 아프다. 이렇게 아이들에게 공부만을 시켜서 어쩌자는 것인가.

오후에는 경기도 광주의 어떤 초등학교에 가서 교사들 강연을 했다. 나와 같이 근무하던 여선생이 교장이 되어 나를 초청했지.

경기도 쪽 가을 단풍들이 참으로 좋았다. 종일 혼자 운전하고 다니니, 좀 질린다. 차를 몰고 오다가 그냥 아무 데나 내려서 나 이제 운전 안 할래 땡깡을 부리고 싶을 때가 있다.

오늘은 엄마랑 같이 간다. 인천에 갔다가 경주로 가서 자고 대전에서 강연하고 온다. 엄마랑 같이 가니, 무서울 게 없다.

아침에 운동 가야겠다. 〈인간극장〉 나가고 민해 며느리 삼겠다고 시골집까지 사람들이 왔다 갔다. 재미있다.

민세, 안녕!

아빠가

다 반짝인다

아빠께, 오랜만입니다.

여기 시드니는 지금 가을 문턱에 있습니다. 제 편지에 처음 쓰는 말이 날씨인 것 같습니다. 흔한 말 같지만 여기 날씨를 먼저 쓰는 것이 좋다고 생각해서 그렇게 하고 있습니다. 그만큼 제가 주변을 둘러보고 있다는 말이지요.

나무들이 뒤섞여 있습니다. 사계절 동안 녹색을 유지하는 나무가 있는 반면, 가을에 맞게 혹은 겨울에 맞게 색을 바꾸는 나무들이 있지요. 말 그대로 자연현상이지요. 햇빛이 좋으면 사람들은 공원 잔디밭에서 누워서 책을 읽는다든지, 수다를 떨고 담소를 나눕니다. 여유로운 풍경이에요. 공원 반대편에는 사람들이 분주하게 왔다 갔다 합니다. 시드니의 모습입니다. 여느 도시나 다를 것이 없지요. 힘들게 사는 사람은 힘들게 살고 즐겁게 사는 사람은 즐겁게 삽니다. 자기가 사는 삶의 자세이지 않나 싶습니다. 어느 나라든 모두 다 살기 좋은 나라는 없다는 생각이 들었습니다. 사회적인 가치 차이 정도이지 않을까 해요. 모든 사람들이 돈을 벌려고 일을 하고 그 번 돈으로 아등바등 살아갑니다. 공평한 것이지요. 돈은 노력하는 사람을 따라온다고 생각합니다. 그래야 공평해요. 누가 돈이 많다고 부러워할 일도 아닙니다. 그렇지요. 햇빛과 달빛이 우리를 공평하게 비추듯이 돈도 사람도 똑같은 것 같습니다.

　요즘 세상 사는 게 참 재미있습니다.

민세 올림

민세야, 오랜만이다. 이 세상의 수많은 별들이 저렇게 반짝이며 살아가듯이 인생도 그러하다. 누구의 삶이 더 빛나고 누구의 삶이 더 희미한 것은 아니다. 삶은 다 반짝인다. 밤하늘의 별빛처럼 말이다. 별이 반짝이듯이 지상의 모든 사람들도 반짝인다.

풀잎 하나 나뭇잎 하나 가만히 놓여 있는 돌멩이 하나가 다 지상의 것이다. 삶의 뜻이다.

네가 공원의 한가함과 바쁜 거리를 같이 볼 수 있다는 것은 우리가 사는 세상을 보는 시각이 넓어졌다는 뜻이다.

편지 반가웠다.

아침에 아빠가

살구꽃

귓전에

빗소리

고이면

비우고

비우면

고이고

아무도

안오는

한나절

빈마당

구석에

살구꽃

배시시

—「살구꽃」전문

민세야, 아빠의 시 한 편 보낸다. 봄이 오는구나. 잘 지내니? 널 잊어버릴 때가 있다. 홀가분하기도 하고 서운하기도 하다. 네가 어른이 되었다는 뜻이다. 네가 네 삶을 잘 꾸리고 있다는 증거겠지? 여기는 며칠간 추웠단다.

아빠는 오늘 꽃구경 갈까 했는데 엄마가 시골집 새시 때문에 고민을 하고 담당자들을 만나야 하니, 엄마 고생하는데 난 꽃구경 가는 게 좀 그래서 집에서 쉴까 한다. 엄마는 다시 또 집 짓는 일을 가지고 씨름한다.

민세야, 전주천 수양버드나무가 연두색으로 하늘거린다. 저 나무는 일찍 잎을 피우고는 단풍도 안 들고 늦게까지 잎으로 하늘거린다. 아빠는 시도 쓰고 동시도 쓰고 이런저런 글도 쓰고 강연도 잘 다닐 테다. 너도 공부 열심히 해, 알았지?

민세 이놈! 씩씩하게 하루 잘 보내거라.

안녕!

아빠가

즐거운 내 인생

아빠, 최근 쓴 제 일기를 보냅니다. 즐거운 저의 일상이 좀 보일 거라고 생각합니다. 여기는 아주 선선하니 좋습니다.

오랜만에 정신이 없었다. 일을 하는 것은 이제 좀 그나마 순조롭다. 체계가 어느 정도 잡혔다. 체계를 잡아서 나름 정의를 내려가면서 일하는 게 중요하다는 생각이 들었다. 그런 자기 나름의 체계가 없으면 정리 정돈이 되질 않는다. 난 그렇게 체계를 잡아가면서 일을 하고 공부를 하려고 노력 중이다. 공부가 다른 게 아니라고 생각한다. 사는 게 공부라고 아빠는 늘 내게 말했다. 그렇다. 사는 게 공부다.

책상에 앉아 있는 것도 공부고 일을 하는 것도 공부다. 난 책상에 앉아 있는 것을 하지 못했다. 정신 산만의 산물이었다. 책상에 앉으면 냉장고에 무엇이 들어 있는지 왜 그렇게 궁금했는지. 이제는 좀 오래 앉아 있다. 노력을 많이 하고 있다. 어렸을 때부터 앉아 있는 습관이 되어 있지 않다 보니, 아마 공부의 중요성을 깨닫지 못했을 것이라는 생각이 든다. 많은 것들이 달라졌다. 내 생각도 달라지고 중요한 게 무엇인지를 하나씩 깨우치면서 살아간다. 아마 한국에 있었어도 똑같았을 것이다. 이제 어딜 가든 내 삶의 자세는 똑같지 않을까.

오늘 어학원이 끝났다. 좋은 시간이었다. 대학을 7월에 간다. '신세계'가 시작된다. 학교에 초점을 맞출 생각이다. 학비 좀 벌어가면서 이제 하고 싶은 공부 하면서 살아야겠다. 공부라는 것이 단기간에 성과를 볼 수 있는 게 아니기 때문에, 조급해 하지 말고 하지만 당당하게. 두려울 게 없다. 공부하는 사람은 옳다.

얼굴을 스치고 지나가는 바람이 시원하다. 깊어가는 시드니의 가을밤이 오늘은 더욱더 깊어진다.

민세야, 일기 잘 썼구나. 잘 썼다는 말은 잘 살고 있다는 말이다. 잘 살고 있다는 말은 하루하루가 달라지고 있다는 말이다. 나날이 매 순간이 새로워진다는 것이고, 감동적인 일상을 보내고 있다는 말이다. 아빠가 늘 일상을 중요하게 생각하라 했잖니. 일상적이고 구체적인 국면들을 생생하게 살려내야 내가 달라진다. 어제와는 다른 오늘을 만들어야 성장하고 성숙해진단다.

민세야, 공부하는 사람이 옳다는 네 말은 진정 깨달은 자의 말이다. 훌륭한 말이다. 그렇게 내가 겪은 일을 글로 정리하는 것이다. 공부하는 사람이 옳다는 네 말 속에 지금의 네 정신이 살아 있음을 나는 느낀다.

나무를 보고 바람을 보아라. 해를 보고 달을 보아라. 너는 이미 그 나라에 가 있다. 그 새 나라에. 우리 식구들이 원하는 건 공부하는 사람이 옳다는 말을 할 줄 아는 사람이다. 인생은 별거 아니다. 자기 삶을 스스로 귀하고 소중하게 가꾸어가는 것이다.

아침에 엄마하고 이야기를 하는 중에 그러더구나. 내가 새로 잎 핀 나뭇가지가 바람을 탄다고 했더니, 엄마는 "풀잎들이 땅에 이마를 찧고 일어나요. 그러면서 사람들은 살지요" 한다.

집은 잘 되어가고 있다. 우리가 원하던 낮게 숨어 드러나지 않은 집이 되어간다.

기쁜 아빠가

좋은 말

민세야, 오늘은 김제 가서 할머니들에게 강연하였단다. 살아온 삶을 확인시켜드렸다. 저 어른들이 짊어진 짐 위에 더 무엇을 얹는단 말인가. 지금껏 짊어지고 걸어온 짐만 해도 힘겨운 한 짐이다. 고개를 끄덕이며 나를 환하게 바라보았다. 좋은 말 들었다고 했다.

아빠가 쓴 산문시 한 편 보낸다.

어머니는 글자를 모른다. 글자를 모르는 어머니는 자연이 하는 말을 받아 땅 위에 적었다. 봄비가 오면 참깨 밭으로 달려갔고, 가을 햇살이 좋으면 마당에 들깨를 넣어 두었다가 점심때 와서 다시 뒤집어 널었다. 아침에 비가 오면 "아침 비 맞고는 서울도 간다"고 비옷을 챙기지 않았고 "야야, 빗 낯 들었다"며 비의 얼굴을 미리 보고 장독을 덮었다. 평생 바다를 보지 못했어도 아침저녁 못자리에 뜨는 볍씨를 보고 조금과 사리를 알았다. 감잎에 떨어지는 소낙비, 밤에 우는 소쩍새, 새벽하늘에 조각달, 하얗게 뒤집어지는 참나무 잎, 서편에 걸린 초승달이 글이었다. 동네에서 일어나는 일이 남의 일 같지 않다고 했다. 사람이 그러면 안 된다고 했다. 난관에 처할 때마다 어머니는 살다가 보면 무슨 수가 난다고 했다. 세상에는 가보지 못한 수가 얼마나 많은가. 어머니는 사는 게 공부였고, 평생 공부했고, 배우면 써먹었고, 사는 게 예술이었다. 어머니는 해와 달이, 별과 바람이 시키는 일을 알고 그것들이 하는 말을 받아 땅에 적으며 있는 힘을 다하여 살았다.

—「어머니의 책 그리고 공부」 전문

사람은 열 번 된다

민세야, 잘 도착했느냐.

안 그럴 것 같았는데 너를 다시 호주로 보내고 나니, 또 서운하고, 뭔가 애잔하구나. 집에서 같이 밥 먹고 이야기하는 시간이 옛날보다 길어진 것은 네가 이제 할 일을 찾아 당당하게 가고 있다는 자신감이 있기 때문이었을 것이다. 사람이 자기 길에 들어서면 너처럼 되는구나 하는 생각을 새롭게 했다. 이제 너는 어떤 고난이 와도 넘어지지 않을 믿음이 있어 보여 든든하고 대견했다. 사람이 열 번 된다더니, 그 말이 딱 맞다. 네가 한국에 있는 동안 엄마와 나는 둘이 있으면 늘 너를 이야기했다. 사람이 저렇게도 되는구나. 사람이 저렇게도 변할 수 있다니 참 별일이라고 말이야.

네 삶에 대한 네 안심이 우리들을 기쁘게 했다. 너의 활달해진 모습 당당해진 모습 신념이 생긴 한 사람의 모습이 저런 것이구나 하면서 말이다. 민해도 너도 공부가 사람을 가꾸는 일임을 보여주고 있다. 나와 엄마는 자기 일을 찾아가는 너희들을 보며 성

199

공한 인생이라고 자화자찬했단다.

삶이 별것이 아니다. 그러나 사람들에게는 그 얼마나 많은 일들이 일어나는지 모른다. 한 가지 해결하고 나면 또 한 가지 일이 산처럼 일상을 막는다. 산 넘어 산이라는 말이 맞다. 문제가 없는 인생은 없다. 그러나 그런 것이 또한 인생이다.

민세야! 너에 대해 한시름 놓고 한 걱정을 넘었다. 늘 명심해야 할 것은 성찰이다. 가고 있으면서 문득 멈추어 자기 자신을 들여다보는 것이다. 나는 잘 가고 있는지 나는 지금 잘 살고 있는지 들여다보아야 한다. 공부하고, 또 공부하고, 또 공부하는 것은 자기를 들여다보기 위한 것이다. 그래야 바로 간다.

새로 집을 찾아들 동안 힘들겠다. 워낙 그런 일에 익숙한 너여서, 또 금방 친구들을 만드는 것이 너여서, 염려는 안 된다만 신중하거라. 너처럼 자기 자신에게 닥친 삶을 잘 풀어나가며 사는 사람도 드물 것이다.

느리고 더디고 천천히 가는 네가 부럽다. 네가 고향에 오면 우리들은 네가 태어나고 자란 곳에서 살고 있을 것이다.

사랑하는 나의 아들, 네 곁에는 늘 우리가 있다.

민세, 안녕!

까치 우는 아침에 아빠가

지키고 가꾸다

아빠께, 오늘은 수요일입니다. 일이 끝나고 왔고 지금은 식탁에 앉아서 이렇게 컴퓨터를 하고 있습니다. 내일 배울 게 무엇인지 한번 살펴보고, 예습을 합니다. 모든 자료를 인터넷을 통해서 볼 수 있게 만들어 놓았습니다. 이거 참 편합니다.

내일이 주급 날입니다. 이번 주는 일을 가지 않으니 다음 주 월요일에 받게 됩니다. 돈 받으면 책하고 칼을 하나 살까 합니다. 미리 봐둔 책이 있습니다.

시골 '담' 사진을 보면 정말 멋집니다. 멋진 작품이 탄생한 것이지요. 시골집 사진을 보고 엄마의 힘을 다시 한 번 느낀 게 저만은 아닐 것이라는 생각이 들었지요. 민해도 아빠도 분명 똑같을 것이라는 생각이 듭니다. 우리 집은 그런 집인 것이지요.

제 생활도 그렇습니다. 힘들다 하지 않고 저를 채워간다는 생각을 하고 있습니다. 내 시간을 나로 채우는 것이지요. 그 누구의 시간도 아닙니다. 전 지금 학교가 신기하고 재미있습니다. 스무 살 때 다니던 학교와는 완전 다른 공부지요. 학교라는 말이

실감 납니다. 공부는 남이 저에게 해줄 수 있는 것이 아니었습니다. 공부란 제가 먼저 다가가는 것이지요. 공부가 저에게 다가오지 않습니다. 학교를 다닌다는 생각 잘한 것 같습니다. 학교에 오는 사람들마다 각자 생각하는 것들이 다르겠지요. 그런 사람들이 있는 학교입니다. 내일 또 학교에 갑니다. 재미있습니다. 그래도 시골집은 가고 싶습니다.

민세 올림

사랑하는 나의 아들 민세, 덥구나. 엄마는 땀을 팥죽같이 흘리며 일을 한다. 온몸과 온 맘을 다 담은 엄마의 마음이야말로 사람의 마음이란다. 사는 게 무엇인지 인간이 무엇인지 어떻게 살아야 하는지 인간이 무엇으로 사는지 인간이 세상에 태어나서 무엇을 해야 하는지 무엇을 지키고 무엇을 버려야 하는지 엄마를 보면 알 수 있다. 결국은 사람이다. 사람을 지키고 가꾸는 일이다. 지식이 아니라 사람의 마음을 귀하고 소중하게 가꾸어가고 지켜내려는 의지임을 엄마는 보여준다. 성실과 성의, 어떤 일이 있더라도 사람에게 끝까지 정성을 다하고 지키는 것이 삶의 궁극적인 목표다.

아빠는 집 지으며 사람을 대하는 엄마를 보고 뉘우치고 깨닫는다. 새로운 삶의 자세를 배운다. 어떤 행동을 해도 그 사람에게도 집이 있고 아내가 있고 자식이 있다는 가장으로서의 권위와 위엄을 함부로 훼손하지 않는다. 그 사람에게 정성을 다한다. 문제는 늘 상대가 아니고 나다. 상대의 인격을 지켜주는 일이 나의 인격을 지키는 일이 된다.

민세야, 네 편지 보니 정말 공부가 무엇인지 알겠다. 민해나 너를 보면 공부는 사람을 사랑하는 마음을 키우는 것이고 사람이 되어가는 길이라는 것을 알게 된다. 품위 있는 인격과 인성을 가꾸고 기르는 일이 공부다. 세상을 사랑하는 마음을 기르는 일이 공부다.

사랑하는 나의 아들 민세, 세상을 얻어가는 네가 자랑스럽다.
너와 민해는 우리 집안의 자존심이다. 그런 큰사람이 되어야 한다.
덥고 습하고 비는 안 온다.
민세, 안녕.

아침에 아빠가

그러면 못쓰니까

민세야, 정말 덥다. 하루 종일 집에 있었다. 땀이 줄줄 흐른다. 밖은 불볕이다. 집 짓는 데 가지 않고 이틀을 지냈다.

엄마는 사흘째 잠이다. 놀라운 잠이다. 엄마가 얼마나 시달리고 지쳤는지 힘이 쏙 빠져 보인다. 아프지 않는 것이 다행이다. 아빠는 엄마가 쓰러져버릴 줄 알았거든.

지독한 인간들을 보았다. 이리 삶이 살벌할 줄은 몰랐다. 아빠는 이제 집 짓기 이전과 집 짓기 이후의 삶이 달라져 있어야 한다는 생각을 한다. 입으로 말로 머리로 지식으로 글을 쓰면 안 된다는 것을 알았다. 아빠는 갈 데까지 가서 세상의 바닥을 본 것이다. 사람의 약점을 그렇게도 악랄하게 파고드는 칼날 같은, 당할 수 없는 섬뜩한 공포를 보았다. 이제 농촌도 고향도 없다. 샅샅이 낱낱이 망가졌다. 농촌의 공동체가 사라지면서 우리들의 공동체는 사라졌다. 정도 인정도 다 변해버렸어. 강산도 논과 밭도 사람들의 마음도 온전한 구석이 하나도 남아 있지 않다. 그 아름답던 논과 밭이 길과 마을이 사라졌듯이 마을의 공동체는 완전히 부서지고 흩어져버렸다. 성하게 남은 게 없다. 아빠는 이제 슬퍼하지 않을 것이다. 고향이 아름답다고 말하지도 않을 것이고 이제 고향을 절대 학대하지도 기대지도 않을 것이다. 정직해질 것이다. 살아온 삶에 대한 뼈아픈 반성만이 아빠를 새롭게 태어나게 할 것이다. 반성의 시간, 새로 들어가 살 마을에 대한 마음의 자세와 행동들 그리고 그에 대한 신고식을 나는 톡톡하게 치루고 있는 셈이다.

그러나 민세야, 아빠는 돌아앉지 않을 것이다. 사람의 마음을 떠난 세상이 어디에 있겠느냐. 할머니의 말씀처럼 "사람이 그러면 못쓰니까" 오늘은 시골에 잠깐 다녀올 것이다.

민세 학교가 재미있어서 정말 다행이다. 삶의 새 길은 눈부시나, 두렵다. 한 발 한 발 가거라. 그 미지의 세계로.

아침에 아빠가

후회하지 않으려는

민세야, 엄마가 긴 잠에서 깨어 일어났다. 아픈 줄 알고 걱정이었다. 엄마가 아프면 집이 다 아프다. 엄마는 아픈 게 아니라 지쳤단다. 힘이 다 소진되어버렸단다. 사흘 만에 털고 일어나 시골집에 갔다. 볼수록 샘이 좋다. 맑고 서늘한 샘물이 집 안에 있다니, 아빠와 엄마는 오래오래 샘물을 바라본다. 마루가 깔린 방에도 앉아 유리창으로 산도 물도 보았다. 감회가 깊고도 깊다. 후회하지 않으려는 혼신을 다한 집, 엄마의 집이 다 되어간다. 마음이 편안해진다.

엄마랑 오랜만에 영화 보았다. 둘이 나란히 앉아 손잡고 영화 보니 좋았다. 엄마가 즐거워해서 더 좋았다. 영화는 〈터미네이터〉다. 우린 죽을 때까지 아마 〈터미네이터〉를 보겠지?

엄마는 민해랑 머리도 깎고 집에 와서 밥도 했다. 밥을 하면서 밥을 하니 좋다고 몇 번 말한다. 새벽에 네 방에서 빗소리를 들었다. 오늘은 손님이 온다. 시골집에 가서 국수 먹어야겠다.

빗소리 들리는 아침에 아빠가

넓게 멀리

일을 하면서 자기가 하고 있는 일을 잘 들여다본다는 것은 중요하단다. 자기가 지금 무슨 일을 하고 있다는 것을 알고 있어야 반성이 따르고, 반성이 있으면 개선이 따르고 그러다가 보면 더 좋은 기술을 스스로 터득하게 된다. 기능으로서 성장이고 정신적으로 성숙할 수 있다. 기능과 정신이 동시에 가야 한다. 말하자면 기술과 예술이지. 예술은 삶의 기본이다. 삶이 예술일 때, 자기가 하고 있는 일이 예술이라고 생각할 때, 일은 배로 즐거워지고 배로 성장한다. 새롭고 신비롭고 감동적이지. 너는 그걸 얻어 가고 있다. 일이 신나야 한다. 너는 신명을 타고났어. "차분하게 천천히 가만가만 해도 같은 시간에 음식이 완성된다"는 네 말이 옳다.

사랑하는 나의 아들 민세, 주위를 둘러보고 정리하는 네 자세가 너를 돋보이게 할 때가 올 것이다. 달처럼 천천히 채워 넓게 보아라. 그래야 멀리 간다.

아침에 아빠가

숙제를 하다니

민세, 문득 어제와 다른 바람이 불었단다. 하늘을 올려다보았다. 뭉게구름의 높이도 색깔도 어제와 다른 느낌이었다. 내가 엄마더러 "저것 봐, 구름이 달라졌지?" 그랬더니 "긍게" 한다.

나무들은 이제 자라는 것을 멈추었다. 한 해의 성장을 멈춘 나뭇잎은 다르다. 색깔을 잃어간다. 올해의 더위는 우리가 견디고 이길 더위가 아니었다. 공기 속에 퍼진 뜨거운 열기가 사람을 잡으려 들었다. 사람을 옥죈다. 그렇게 기승을 부리던 더위가 한풀 꺾인 듯하다. '한풀 꺾인다'는 말이 주는 느낌이 실감 난다. 어떨 때 어떤 말이 적절하게 와닿을 때가 있다.

네가 숙제를 한다고 엄마는 좋아한다. 어른의 입에서 숙제라는 말이 주는 느낌이 아름다워서일 것이다. 네 나이에 학교 숙제를 한다는 말은 매우 현실감 있는 공부로 다가온다.

어제는 대구에 갔는데, 아이들이 어른들 강연장에 왔다. 아이들이 더 좋아한다. 대답도 거침없다. 두 곳에 갔는데 두 곳 다 아이들이 많았다. 아이들이 나를 너무 좋아해서 놀랐다. 강연장을 나오는 나에게 아이들이 달려와 자기들이 먹던 음료수를 주고 사진도 찍자고 하고 사인도 해달라고 하더라. 아이들의 얼굴이 환하게 개이고 나도 그렇다. 저것들이 희망이다.

　오늘은 시골 갈까 한다.

　까치가 운다.

아침에 아빠가

미련이 없는 하루

아빠께, 바람이 다르게 느껴졌다는 것은 계절이 바뀌거나 아빠가 바뀌거나 둘 가운데 하나겠지요. 얼굴을 스쳐 지나가는 바람이 바뀐다는 것은 많은 것을 의미한다는 생각이 듭니다. 기분에 따라 받아들이는 바람이 다르다고 느끼는 것은 나뿐만은 아닐 것입니다. 학교 가고 일하고 정신이 없습니다. 그래도 일요일에 쉬니까 좋긴 합니다. 영화도 보고 맛있는 밥도 해먹고 좋습니다. 안정이 된 것이지요.

시간은 정말 빨리 갑니다. 학교가 끝나면 일할 때와는 다르게 좀 여유가 있습니다. 그래서 예습도 하고 복습도 하지요. 공부를 하는 제가 가끔 신기할 때가 있습니다. 정말 신납니다. 내일은 일하러 갑니다.

아빠도 이제 바쁘겠지요. 파이팅!

민세 올림

민세야, 피곤하지는 않느냐.

어제 엄마하고 통화하는 말 들었다. 늦게 시작한 공부는 깊다. 살아온 삶에 공부를 섞고 더하기 때문이다. 쉽지 않은 일이다. 사람들은 지나온 삶의 무게에 굴복하기 쉽다. 무거워서 못 일어선다. 무거울 때 일어서야 한발 앞으로 나가고 가벼워진다는 것을 오랜 시간이 지나서야 깨닫는다. 그때는 이미 늦어서 회한이 된다. 너는 그걸 이겨낸 것이지. 네 살날이 창창하다. 사람들은 너를 부러워할 것이다. 너의 싱그러운 생각들이 펄펄 살아나 날개를 달 것이다.

언젠가 너와 내가 네 방에 나란히 누워 한 말이 생각난다. 네가 지금 살고 있는 네 모습이 10년 후의 네 모습이다. 지금처럼 살면 10년 후에도 너는 지금처럼 살 것이다. 참으로 뼈아픈 너의 고백이었다. 지금 네가 사는 모습을 보니, 그 생각이 났단다. 공부가 취직이 아니라 공부가 희망이 되는 나라가 잘 사는 나라다. 그래서 사람들은 희망을 놓지 않고 현실의 논밭을 열심히 갈아가는 모양이다. 공부는 너도 나도 상상하지 못했던 그 누구도 알 수 없는 내일을 만들어낸다. 너는 그 길에 서 있다.

민세야, 아빠도 삶에 미련이 없는 하루가 있었다.

아빠가

하나의 토란잎이 뚜렷해지기까지

민세, 이놈! 정신없구나.

배추 싹은 뚜렷하고 귀뚜라미 울음소리가 또렷하다.

민세야, 네가 학교에 간 지 벌써 석 달이 다 되어간다. 나날이 뚜렷해지는 네 모습을 상상한다. 가을 깊이 들어서는 귀뚜라미 울음소리와 곡식들처럼 말이다.

하나의 토란잎이 뚜렷해지기까지 우주가 필요했다. 천천히, 아주 천천히 그리고 서서히 다가오는 저 가을날의 논배미처럼 가을을 가져오너라.

등 뒤에서 귀뚜라미가 운다.

아빠가

사랑하고 감동하고 희구하고 전율하라

아빠께, 지난주에 학교가 끝났습니다. 아주 재미있고 신나는 일이 저에게 일어났습니다. 학교가 재미있었지요. 학교란 게 참 좋은 곳 같습니다. 이걸 혼자 스스로 깨달아서 이렇게 느지막하게 학교를 간 게 저에겐 오히려 값진 일이었던 것 같습니다. 모르고 갔었다면 아직도 몰랐겠지요. 학교 생활이란 게 참 값진 일이었습니다. 이제 3주 동안 방학을 하고 다시 시작합니다. 좀 더 많은 것들을 배우겠지요. 그때는 정리를 더 확실히 하려고 합니다. 이번에는 잘 몰라서 넘어간 것이 많지만 그건 방학 동안 다시 하면 되기 때문에 괜찮습니다. 한국은 이제 가을이 오려나 봅니다. 엄마 아빠가 보내준 사진에도 솔이가 보내준 사진에도 가을이 묻어납니다. 계절은 거짓말을 하지 않죠. 즐거운 시간이었습니다. 아주아주 행복했습니다. 학교, 학교란 게 참 좋은 곳이었습니다.

민세 올림

215

어? 어? 민세다.

반갑다. 긴 시간 같지만 금세 시간이 가서 네가 한 단계 수업이 끝났구나. 신기하다. 그 나이에 학교에 다니고 또 공부가 재미있 다니. 꼼꼼해진 너를 생각하면 옛날 어른들이 정말 딱 들어맞는 다. 사람이 열 번 된다는 그 말 말이다. 그래 사람이 열 번 되고말 고. 늘 자기를 고치고 바꾸고 맞추어나가는 게 공부다. 달라지지 않으면 공부가 아니지. 내 생각과 행동을 바꾸고 나를 바꾸어서 세상을 달라지게 하는 게 공부다.

사랑하고 감동하고 그리고 희구하고 전율하고 살아야 한다. 기 적은 어디서 오는 게 아니고, 사소하고 미미한 삶의 구체적인 국 면들을 새롭게 그려내는 일이다. 혁명이란 어마어마한 것이 아니 라 어제와 다른 오늘의 내 모습을 자기 스스로 보는 일이다. 한 그루의 나무가 바람을 받아들어 자기를 새롭게 그리듯이 말이다.

요 며칠간 날씨가 많이 변했다. 하늘의 푸르기가 이루 말할 수 없었다. 세상의 끝까지, 삶의 내장까지 다 환해지니, 사람들이 당 황한다. 그 하늘 아래 햇살은 곱고, 벼 익어가는 들판은 찬란하 다. 꽃들이 피고, 억새가 핀다. 바람이 산들거리고, 나무들은 오 랜 여정을 끝낼 준비에 들어섰다. 잎과 줄기가, 꽃과 씨앗들이 이 제 속 깊이 익어가리라.

민세야, 새로워진 너에게 가을의 시를 준다.

풀벌레 울음소리도 잦아드는구나.

알맹이들의 과잉에 못 이겨
방긋 벌어진 단단한 석류들아,
숱한 발견으로 파열한
지상地上의 이마를 보는 듯하다!

너희들이 감내해온 나날의 태양이,
오 반쯤 입 벌린 석류들아,
오만으로 시달림받는 너희들로 하여금
홍옥의 칸막이를 찢게 했을지라도,

비록 말라빠진 황금의 껍질이
어떤 힘의 요구에 따라
즙 든 붉은 보석들로 터진다 해도,

이 빛나는 파열은
내 옛날의 영혼으로 하여금
자신의 비밀스런 구조를 꿈에 보게 한다.
—폴 발레리, 「석류」 전문

바람결도 좋다

민세야, 가을이 깊어가는구나. 샛노란 논이 아름답구나. 논마다 조금씩 노란빛이 다르다. 구름도 좋고 머물고 스치는 바람결도 좋다. 하늘을 오래오래 올려다본다. 살아온 날들, 너와 민해가 겪어온 수많은 날들, 너희들이 견디고 이겨냈을 수많은 그날들을, 어찌 내 다 알겠니? 그러면서 그렇게 굽이와 고비를 넘겨가며 하나하나 스스로 제 모습을 찾아 바르게 서가는 너희들을 본다. 아빠는 이따금 고향 강 언덕의 나무를 생각한다. 나무들은 얼마나 많은 일들을 견디었겠니? 얼마나 강물을 바라보아야 나무는 저렇게 반듯하게 서 있을까. 얼마나 많은 일들을 견디고 많은 것들을 삼키고 또 버리면 저렇게 설 수 있을까. 살아온 모든 세월이 다 모이면 밀어도 끄떡없을 것 같은 자기를 세울 수 있을까.

민세야, 그 나무가 단풍물이 드는구나. 내가 사는 동안 바라본 그 나무가 단풍물이 든다. 곱게 물들어간다.

민세, 안녕.

아빠가

결혼

아빠께, 결혼에 대해서 엄마 아빠가 좋아하니 저에겐 정말 다행입니다. 고민은 많이 했지만 말씀드리는 게 좋을 것 같다는 생각이 들었어요. 솔이랑은 결혼을 할 생각을 하고 만난 것이어서 더욱더 그랬습니다. 솔이에게는 '세컨드 비자'라고 해서 호주에서 1년 더 일을 할 수 있는 비자가 있습니다. 그게 내년에 끝이 나지요. 호주에서 혼인신고를 하고 같이 살다가 내년에 한국 들어가서 간단하게 식을 올리는 게 제 계획입니다. 지금은 저도 학생이고 내년에 학교가 끝나기 때문에 둘 다 편합니다. 지금 계획은 그렇습니다. 엄마 아빠 그리고 솔이네 엄마 아빠가 어떻게 생각하고 있을지 모릅니다. 그건 일단 부모님들끼리 만나서 이야기를 해봐야겠지요. 엄마 아빠에게 이야기하고 나서 마음이 한결 가벼워졌습니다. 여긴 또 바람이 세차게 불고 있습니다.

민세 올림

민세야, 엄마에게 네 결혼에 대한 이야기를 들었다. 네가 결혼을 한다는 말이 나오고, 또 그럴 나이가 되고, 그럴 때가 되었다니, 아빠는 기쁘고 기쁘다. 얼마나 좋은 일이니. 네가 다 알아서 네 일을 그렇게 결정해가니, 이제 넌 어른이다. 네 결혼은 누구보다도 둘이 많은 생각과 고민을 할 것이다. 부모라 한들 너희만큼 더 이런저런 생각을 하겠니? 솔이와 잘 상의해라. 아빠는 다른 집 결혼식처럼 식장에서 안 하고 그냥 두 가족들만 초대해서 조용히 결혼식을 하는 게 좋다는 생각을 늘 해왔다. 그냥 아빠 생각이다. 엄마도 나도 민해도 너희들의 생각을 존중할 것이다.

민세야, 아무튼 서로 이해하고 양가 가족들이 따뜻하게 모이는 자리가 되었으면 한다. 늘 엄마와 사사건건 잘 상의해야 한다. 물론 솔이를 최대한 배려하고 챙겨야 한다. 너희 둘이 가장 중요하다. 조용하고 침착하게 일들을 해나가길 바란다.

아빠도 엄마도 우리들이 살아온 이런저런 삶의 형식에 매여 현실을 외면하지 않은 편이 좋구나. 삶은 형식이 아니고 내용이기 때문이다. 결혼에서 형식은 한 번이지만 내용은 매일, 매 순간이다. 그러나 결혼은 두 사람의 일이 아니고 모두의 일이어서 고민을 너희들에게 맡겨둘 수만은 없는 게 부모다. 부모는 너희 둘이 모자라고 부친 힘을 거들어주고 싶어 한다. 이런 저런 생각들을 주고받으며 가장 합리적이면서 무리 없이 결혼이라는 아름다운 결정을 해나가자. 결혼은 가장 중요한 삶을 결정한다는 다른 말

아니겠니. 솔이 부모님 만나서 이야기해보겠다.

민세야, 우리 모두 좋구나. 얼마나 좋은 일이니. 사랑하는 사람이 있고 또 같이 살기로 했다니 그보다 더 큰 축복이 없다. 사랑이 없으면 삭막이다. 삭막은 북쪽에 있는 사막이다. 너희들은 세상에서 가장 아름다운 힘을 얻고 가장 행복한 기운을 받았다. 솔이도 너도 그리고 우리도 모두 좋고, 좋다. 너희들의 사랑이 우리나라 가을 하늘처럼 끝이 없길 바란다.

우리 민세 자랑스럽다. 기쁘다. 아주 기뻐.

좋은 날 아침에 아빠가

인연

아빠께, 바람이 이제 제법 따뜻해졌습니다. 더 이상 몸을 웅크리지 않고 바람을 맞아도 될 만큼 말이지요. 저희 결혼에 대해서 엄마 아빠가 걱정을 하는 것 같아서 저도 좀 걱정이 됩니다. 가족이고 부모이기 때문에 당연한 것이지요. 그 생각을 안 한게 아닙니다. 그래도 마음이 가는 건 어쩔 수가 없습니다. 솔이가 요즘 행복하다고 합니다. 그래서 저도 행복합니다. 인연은 소중하고, 그 인연을 잘 가꾸어나갈 생각입니다. 너무 걱정하지 않아도 됩니다. 우리에게도 우리의 길이 있기 때문이죠. 그렇다고 엄마 아빠 생각을 안 하는 건 아닙니다. 엄마 아빠들의 의견을 충분히 받아들이겠습니다. 날씨가 좋습니다.

민세 올림

민세야, 늘 말하지만 모든 일들은 늘 당사자들이 더 생각을 많이 하고 더 걱정을 많이 하고 가닥을 잘 잡아간다. 너희들은 어른이다. 우리들은 너희들의 생각을 존중할 것이다. 두루 고려하고 염려하고 배려해나가길 바란다. 너그럽고 자연스럽게 말이다.

솔이도 똑똑하고 화통해 보인다. 아주 좋은 성격을 갖고 있어 보인다. 우뭉하고, 속 두고 딴생각하고 딴말하는 것을 우리 가족 모두 싫어하지 않니? 씩씩해 보인다. 엄마와 충분히 이야기하고 상의해가며 일을 해가길 바란다.

우린 너무 좋다. 엄마는 네가 장가간다는 게 그리 좋은지 실실 웃는다. 웃음을 감추지 못해. 같이 어디 가면서 몇 번이고 그렇게 좋아하며 실실 웃는다. "우리 민세 장가가는 거지" 하면서 말이다.

민세야, 여긴 오늘 비가 왔다. 오랜만에 빗소리를 들었다.

반가웠다. 또 보자. 안녕.

아빠가

어제와는 다른 오늘

아빠께, 호주에도 어느덧 겨울이 가고 봄이 오는가 싶더니 여름이 오는 것 같습니다. 계절이 변하는 것은 아직도 저에게는 중요한 일이지요. 날짜보다 중요한 게 계절이 아닐까라는 생각도 해봅니다.

오늘 친구 상용이가 호주에 왔습니다. 마냥 좋다는 생각이 들지만은 않습니다. 친한 친구가 왔는데, 왜 이렇게 마음이 복잡한지 모르겠습니다. 제가 호주에 온다고 했을 때 홍준이도 그런 생각이 들었을지 모르겠습니다. 전 단지, 지금 제가 다니고 있는 '르 꼬르동 블루'를 목표에 두고 학비를 벌 생각과 경험을 쌓으러 온 것이었지요. 상용이만이 아니라 지금 제 또래는 비슷할 것입니다. 어느 순간부터 모여서 이야기할 때는 '돈' 이야기가 중심이 되어 있고, 성공한 사람들 이야기, 어떻게 하면 돈을 많이 벌 수 있다는 이야기. 인터넷도 한몫했지요. 성공한 인생의 잣대는 '돈'이 되어버렸어요. 돈이 없이는 누구도 살 수 없습니다. 저 역시 돈을 소중히 생각하고 있지요. 지금 우리는 '꿈'이 아닌 '돈'을 위해서 살고 있습니다. 우리가 만든 시대가 아닌, 엄마 아빠 세대가 만들어놓은 시대에 살고 있습니다.

한국에서 일할 때도 많이 느꼈습니다. 한국에서 일할 때 3개월 뒤에 그만둬야겠다는 생각을 했습니다. 하지만 그런 경험들이 저를 절박하게 만들었지요. 저는 그곳에서 벗어나야 했습니다. 겉만 번지르르한 사람은 되기 싫었습니다. 그래도 전 어느 곳에서 일을 하든 2년 넘게 있어야 한다는 생각으로 1년 8개월이라는 시간을 그곳에서 보냈습니다. 배운 것은 많지요. 한국 사회가, 그 카페가 저를 절박하게 만들었습니다. 다행이지요. 그런 밑바닥 중에 밑바닥에서 일을 하지 않고, 내 몸으로 직접 느끼지 않았다면, 전 아마 지금도 거기서 일하고 있겠지요. 소름 돋는 일입니다. 거기서 일해서 나중에 제가 무엇을 하고 있을까요?

학교를 다닐 마음을 먹고, 엄마 아빠에게 말했을 때 표정을 잊을 수가 없습니다. 그렇게 기뻐하는 표정으로 저를 바라보는 엄마 아빠의 얼굴. 잊을 수가 없지요. 학교라는 목표가 있었기에 생활이 너무나 즐거웠습니다. 일도 힘들지 않고 재미있게 할 수 있었지요. 그래서 오히려 안정된 생활을 할 수 있었던 것 같습니다. 요즘은 더욱더 행복합니다. 하고 싶은 걸 하고 살아서 그렇겠지요. 내 인생을 사는 것이지요.

아빠가 저에게 편지를 쓴 지 10년이 넘었습니다. 10년 전엔 고등학생이었지요. 이제는 늦게 대학교를 다니고, 사랑하는 한 여

자를 만나 결혼도 하려고 합니다. 서른 살이 되었습니다. 어른이
되었습니다. 아빠 아들이 어른이 되어갑니다.

저도 아빠처럼 살고 싶습니다. 아빠처럼 말이지요.

저녁 공기는 시원합니다. 한국은 추워지겠지요.

아빠, 전 내일 학교 갑니다.

민세 올림

민세, 많이 컸구나.

사람들이 돈만 이야기하지. 금방 돈을 많이 벌 것 같지만, 돈을 벌면 다 될 것 같지만 문제가 없는 삶은 없다. 이제 너는 네 자리를 잡아가고 있다. 방황과 좌절과 굴욕과 치욕을 견디어 냈다.

민세야, 한 인간이 자기가 살아가야 할 길을 찾기까지 겪어야 하고 치러야 하는 대가가 얼마나 큰 것인지 너는 알았다. 이제부터는 어제와 다른 오늘이 시작된 것이다.

탄탄대로는 없다. 넘어지면 일어나고 넘어지면 또 일어선다. 할머니 말마따나 살다 보면 뭔 수가 난다. 삶은 무슨 수를 찾아가는 일이다. 삶이 해답을 가져다준다는 말과 할머니의 뭔 수는 같다.

하루를 사는 일을 자세히 들여다보면 자기가 한 일이 다 책이다. 세상은 거대한 책이고 세상은 거대한 서재다. 세상을 바로 읽기 위해 독서를 하고 글을 쓴다. 그게 네가 평생 해야 할 일이다. 삶이 때로 얼마나 값지고 희망차냐.

오늘은 아빠 혼자 부안 간다. 들녘의 벼와 그 위에 하늘을 보며 나는 아직도 사람들이 모여 행복하게 살아가는 희망을, 절망의 언덕 위에 세우고 싶단다. 논두렁에 억새는 얼마나 눈이 부시냐. 눈 못 뜨게 눈부시다.

마른풀들, 먼 마을을 날아가는 새들과 내 앞에 앉아 내 이야기를 듣는 사람들의 감같이 붉은 얼굴들. 나는 그들을 사랑한다.

아빠가

사랑은 꽃밭과 같아서

민세야, 솔이는 우리 식구고 우리의 딸이다. 살다가 보면 별일이 다 있다. 상상하지 못하는 일들이 일어난다. 그런데 다 사람의 일이다. 사람의 일이기 때문에 사람이 해결할 일이다.

부부들은 서로 바라는 바가 없어야 한다. 아내가 할 일을 내가 하면 된다. 부지런하면 된다. 물도 밥도 과일도 내가 찾아 챙겨 먹고 챙겨 주면 된다. 양말도 내가 찾아 신는다. 집 안에서 아내에게 시킬 일은 없다. 다 내가 하고 내가 해준다. 그러면 된다. 작고 사소한 것을 서로 챙겨주고 좋아하면서 같이 산다. 엄마처럼 속이 깊어야 한다.

어떤 일이 있어도 친구들과 감당할 수 없는 돈 거래는 삼가해야 한다. 그냥 주어도 버려도 속상하지 않을 돈만 거래하거라. 돈을 조금씩이라도 모아야 한다. 절대 명심해야 한다.

민세야, 할 이야기가 많다. 그런데 실은 내 말이 다 소용없단다. 스스로 길을 잘 찾아가며 살 수밖에 없다. 알아서 사는 것이다. 엄마하고 늘 상의하고 사소한 일도 엄마를 서운하게 해서는 안 된다. 솔이를 금쪽같이 생각하거라.

민세야, 짜식! 사랑이 그리 좋냐? 잘 가꾸어야 한다. 사랑은 꽃밭 같은 거야. 돌보지 않으면 금방 잡풀들이 나서 꽃들을 위협한다. 돌보지 않으면 금방 꽃들이 시들어버려. 들여다보아야 해. 자꾸 봐줘야 해. 물이 부족한지 잡초가 많은지 늘 마음이 가고 손이 가야 해. 그래야 늘 새로운 꽃송이가 피어난다. 알았지.

오늘은 시골 간다. 돌담을 조금 높였더니, 집이 아주 근사해졌다. 솔이는 좋겠다. 민세도 좋겠다. 사랑의 꽃밭을 가져서.

안녕!

등 뒤가 밝아진 아침에 아빠가

기쁜 마음으로

아빠께, 학교가 끝났습니다. '배움'이란 것에 대해 다시 생각하는 계기가 되었습니다. 공부는 아름답습니다. 저를 한층 더 단단하게 만듭니다.

민해가 잘 되어서 정말 좋습니다. 민해는 올바른 사람이라서 한국에서도 빛이 날 것입니다. 다시 학교를 가도 말입니다. 학교라는 것이 그런 것이겠지요. 이제야 깨달았다는 것이 한편으로 부끄럽기는 하지만 지금이라도 깨달아서 다행이라는 생각이 들었습니다.

아직 제 공부는 멀었습니다. 다행히 아빠의 말대로 혼자 공부를 하는 것이 아니고, 같이 살아갈 술이도 공부에 대한 생각이 강해서 다행입니다.

술이가 왔습니다. 좋습니다. 같이 있으니 좋습니다. 어쩔 수 없는 것이지요.

오늘 술이랑 교회를 다녀왔습니다. 술이가 다른 사람들에게 '남편 될 사람'이라고 소개했습니다. 기분이 묘했습니다. 제가 누군가의 '남편'이 된 것이지요. 가슴속에서 일렁이는 것이 있었습니다. '아! 나도 이제 한 여자의 남편이 되는구나' 적절한 표현을 찾기가 힘들었지만, 기분이 좋았습니다.

달이 너무 이뻐서 술이 손잡고 베란다에 있었습니다. 달도 곱고, 술이도 곱습니다.

올 한 해가 거의 마무리되어갑니다. 많은 일이 있었던 한 해였습니다. 아빠 아들이 한 여자를 만나서 같이 살아가고 같이 공부를 하려고 합니다. 좋았던 해가 되었습니다. 아빠의 한 해는 어땠나요?

민세 올림

233

민세야, 바람이 거세게 불어도 이제 봄이 오고 있다는 것을 바람결에서 느낀다. 민세가 집에 와서 우리에게 보여준 한 사람으로서의 성숙하고 성장된 모습은 가히 눈이 부셨단다. 듬직하고, 든든하고, 누가 밀어도 이제 흔들리지 않는 너는 바위가 되었더구나.

공부란 그런 것이다. 공부는 공부를 부른다. 공부가 성공이어서가 아니라 사람됨의 자세를 가다듬게 해준다.

솔이도 착하고 꾸밈이 없고 당당하고 솔직해서 좋았다. 차차 우리 식구들을 이해하고 민세처럼 자유로운 영혼의 사람이 되겠지. 서둘거나 조급하지 않게 물이 흐르듯 삶을 채워나가겠지. 네가 잘 보살펴주어야 한다. 둘이 무슨 이야기든 오래 하고, 같이 놀고, 시와 그림을 알아야 한다.

민세야, 엄마와 아빠는 기쁘고도 기쁘다. 너를 생각하면 말이다. 춤이라도 추고 싶어. 네가 그런 사람이 되었다니 "아빠, 나는 요리사에 국한되지 않은 삶을 살 거야" 했던 그 말이 무슨 말인지 안다. 요리사를 하면서 그런 말을 하는, 결코 요리를 벗어나지 않겠다며 그런 말을 하는 사람은 드물다.

아빠가 선생을 하면서 선생이 전부가 아닌, 내 인생을 그 속에서 가꾸어왔다는 생각이 들었던 것이다.

우리 민세 삶이 그리 만만치 않아도 삶은 지속된다. 민세를 보고 나서 우리 모두 기쁘다. 이제 우리들에게는 봄이 오고 너에게

는 가을이 오겠구나. 계절이 옮겨가고 있듯이, 우리들도 그 어딘
가로 옮겨간다.

　아빠가 기쁜 마음으로 썼다. 기쁨은 믿음에서 오더구나.

　민세, 또 보자.

아빠가

다시 시작하는 너에게

　민세야, 가을이 성큼성큼 마을을 점령한다. 소쩍새 소리는 들리지 않고 귀뚜라미 풀벌레 울음소리는 잦아들었다. 고추와 깨가 베어지고 콩밭 콩잎이 노랗고 감은 붉고 배춧잎은 싱싱하게 푸르다.

　축하한다. 바쁘다는 핑계로 멀다는 핑계로 엄마 아빠는 민해 졸업식도 참가하지 못하고 네 졸업식도 참가하지 못했다. 지내놓고 이제 생각하니, 너에게도 민해에게도 서운함을 줬다는 자책감이 생기는구나. 나는 워낙 그런 일에 둔감하고, 무정했다. 이제 생각해보니 아빠는 졸업 사진 하나 없구나. 그래도 솔이가 있어서 우리 맘은 따듯하게 위로가 되었다.

　멀고 먼 길을 돌고 돌아 너는 거기에 섰다. 우리 가족에게는 대견하고 자랑스럽고 너에게는 스스로도 벅찬 일이다. 솔이와 같이 찍은 사진을 보니, 네가 상기되어 있더구나. 어찌 기쁘지 않겠니? 어찌 벅차지 않겠니?

　네가 늘 부족하다고 생각하는 한쪽을 너는 스스로 가득 채웠다. 거기다가 또다시 공부를 시작했으니, 나와 엄마가 더 무엇을 바라겠느냐. 아빠가 늘 그러지 않았니. 공부는 자기도 모르는 희망을 가져온다고, 공부란 삶의 아름다운 과정이라고.

너는 성격이 좋고 성정이 아름다워서 네 공부가 많은 이들을 즐겁게 하고 행복하게 할 것이다.

나는 너희들이 자랑스럽다. 우리 모두 힘들고 어려웠지만, 아빠 엄마가 바라는 것보다 훨씬 더 잘 살아주었다. 기쁨이다.

솔이도 공부를 한다니, 마음이 더 놓인다. 억지로 하지 말고, 너무 힘들면 좋아하는 일을 찾아 자기를 성장시키면 된다. 공부는 늘 새로운 땅을 딛는 감동과 그 감동이 가져다주는 기쁨이 있다. 새로운 세상으로 가는 그 아름다운 달 같은 행로를 너는 맛볼 것이다. 운명은 닥친 현실이 아니라 바꾸어야 하는 새로운 세상에 들어서는 개척이다.

기쁘고, 한없이 기쁘다. 감격이 따로 없구나. 더디고 늦고 힘들더라도 네 길에 들어서서 걷고 있는 네 모습이 아름답다.

걸어온 길을 생각해보면, 아빠가 네게 얼마나 많은 것들을 강요하고 닦달했는지 가슴이 먹먹해지는구나. 그래도 너는 다 참고 이겨내고 네 길에 들어서서 네 길을 간다.

나의 아들 민세, 자랑스러운 민세, 이제 서둘지 말고, 천천히 또 네 길을 가거라.

아빠 엄마의 마음에서 벗어나 독립해 스스로 네 일가를 이루어 살아갈 것이라는 걸 믿는다. 너를 잊는 것은 서운함이 아니라 믿음이다.

언젠가 아빠가 너에게 말한 적이 있어. 너는 이제 항구를 떠난 배라고, 닻줄을 풀고 스스로 망망대해를 헤쳐나가는 배라고, 풍랑을 이기며 저 넓고 파란 바다로 너는 떠나가야 한다고. 이제 너는 스스로 홀로 떠나가는 배가 되었다. 때로 힘들고 좌절하고 절망할 것이다.

할머니가 늘 힘들어하는 나에게 말했었단다. 한 달이 크면 한 달이 작고 올라갈 때가 있으면 내려갈 때가 있다고. 산을 넘었더니, 또 산이더라. 그런 일이 없으면 누가 인생을 인생이라고 하겠니. 그 고난과 고통들을 자기 것으로 안고, 가슴에 묻고 간직하며 사람들은 또 산을 오른다. 그게 인생이다.

민세야, 마음이 따듯한 내 아들, 사랑하는 내 아들, 잘 자라주어서 고맙다. 다시 멀고 먼 길, 너는 어제와는 다른 오늘을 만들며 살았다. 너랑 솔이가 우리 집에 들어서는 날을 손꼽아 기다리마.

다시 한 번 졸업을 축하한다. 솔이 민세를 생각하니, 가을이 환하구나. 하얀 쑥부쟁이 꽃을 한 아름 네 가슴에 안긴다.

새벽 영원한 고향 진메 우리 집에서 아빠가